JN125304

可哀想な蠅

武田綾乃
Takeda Ayano

新潮社

目次

可哀想な蠅

可哀想な蠅

「令和ポーズだって、馬鹿っぽいよねー」

トレイを食堂のテーブルに置くなり、佐藤里依紗は言った。橙色のトレイに載っているのは、安い、多い、不味いと評判のスタミナラーメンだった。

パイプ椅子に腰かけ、里依紗は浅く胸を反らす。重めのボブカットといい、金縁の丸眼鏡といい、彼女は如何にもサブカル好きという見た目をしている。まあ、私も他人のことは言えないのだけれど。通知の止まらないスマートフォンを裏返しにして置くと、ケースに描かれた女の子がじっとこちらを見つめていた。

「平成ラストカウントダウン、見た？」

ラーメンに箸を差し込み、里依紗が新しい話題を投げかけて来る。ボーダーのトップスが、彼女の丸い身体のラインを曖昧にぼかしていた。

「あー、官房長官が出てた中継ね。一応見たよ。なんか、せっかくだし」

「私も見たんだけどさ、なんか妙な感じだよね。親はなんか『昭和が終わる時より明るくて良いわー』とか言ってたけど、私らそもそも平成以外知らないっつーの」

二〇一九年五月一日。西暦ではなんとも中途半端な年に、和暦は平成から令和へと移り変わった。つい一週間前の出来事だ。

　山のように盛られたもやしを箸で崩し、里依紗は濁ったスープへと浸していた。私は皿の上に載ったチキン南蛮を口に運ぶ。大学食堂の日替わり定食は大抵メインが揚げ物で、毎日食べるにはややくどい。だが、週に二回位ならちょうどいい。

「で、なに。さっきの令和ポーズって」

　話を戻した私に、里依紗は額の上で逆さまのＶサインを作った。令の字の部首を表現していることは、なんとなくだが予想できた。

「朝のニュースでやってた、流行ってるんだって」

「見たことないんだけど。どこで？」

「インスタで」

　インスタ、と里依紗が口にする時、明らかに小馬鹿にしたニュアンスが混じる。フードコートでタピオカを飲む時、お洒落なカフェでケーキを食べる時、彼女はいつも「インスタ映え」と揶揄するように笑う。里依紗の中でインスタは、馬鹿にしてもいいものと認定されているようだった。それが当たり前みたいな空気になっていることに、たまにドキリとする瞬間がある。

「私、ＳＮＳはツイッターとＬＩＮＥしかやってないしなぁ」という私の言葉に、「私だってそうだよ」と里依紗は何故か自慢げに答えた。

　Instagram、通称「インスタ」が画像をメインとした投稿プラットフォームであるのに対し、Twitter は文字投稿をメインとしたプラットフォームだ。勿論、画像も動画も投稿できるが、インスタほどは重きを置いていない。百四十文字の字数制限と他人の投稿を拡散できるリツイート機能が特徴で、良いものも悪いものも広まりやすい。

「そういや凄かったね、昨日のツイート」

そう言って、里依紗が私のスマホを指さす。

「あれのせいで電池がすぐなくなるの。通知凄くて」

「そりゃあんだけバズったらね」

バズるというのは英語の buzz が由来の造語だ。ネット上で一気に話題になる現象のことを指す。ちなみに、buzz という単語は英語の擬声語で、ブンブンと虫が飛び回るときの羽音や人間の話し声なんかを意味する。

「通知切ったら？」

「なんか、切ったら負けな気がして」

「いまどうなってんの、通知欄」

「こんな感じ」

スマホの指紋認証ボタンをタッチし、ロックを解除する。画面に並ぶ四角形達は、スマホアプリのアイコンだ。その隅にある、青い鳥のマークをタップする。その途端、画面いっぱいにツイッターのアカウント画面が広がった。

『えっ、待って。ありえないんだけど。大学に行く途中、猫の入った段ボールが捨ててあったんだけど、それをずっと蹴ってるおじさんがいる。これって犯罪？　とりあえず動画撮っておいたけど、どうしたらいいんだろ。場所は斉浜市中央公園前駅の近くです』

リプライ358　リツイート18,223　いいね22,411

投稿の下に羅列された数字は、昨日よりもさらに大きくなっていた。自身の投稿に関する反応を表示する通知欄は、見も知らぬ誰かからの返信で溢れている。

「ネットニュースとかテレビ番組とかからも問い合わせ来たんでしょ？　あの動画使っていいですかって」

「全部断ってるけどね。こんな大事になるって思ってなかったし」

好物なはずのタルタルソースが、やけに不快に感じる。舌に残った酸味を押し流すべく、私はグラスの水を一気に飲み干した。

私のアカウント名は、本名をカタカナにしただけの『メイコ』。プロフィール文も、友人以外と関わるつもりはなかったために『都内の大学に通ってます。動物系画像ＲＴ多め』なんて面白みの一切ない内容だ。

「ま、かなりインパクトあったしね」

里依紗が手を伸ばし、勝手に再生ボタンを押す。流れた動画は、一分足らずの短いものだった。

斉浜市中央公園前駅は、最近になって再開発された地域だ。駅名の通り、すぐ近くに大きな公園があり、野生の猫も住み着いている。可もなく不可もないシンプルなデザインの駅舎は南口と北口の二つの出入り口があり、私はいつも南口を使用している。商店街とは反対側の、人けのない住宅街の方面だ。

その南口の付近で、男が柱に向かって立っている。ドス、ドス、ドス……。断続的に響く何かを蹴り上げる音。ぶつぶつと男の口から洩れる不明瞭な言葉が、のどかな街の風景に不穏な影を落としていた。

えっ、と撮影者の声が動画には入っている。勿論、私の声だ。男はその声に気付いたのか、分かりやすく舌打ちすると、こちらを一切見ることなく駅の中へ入っていく。その背中を、カメラが追いかける。仕立てのよいグレーのスーツ、黒のビジネスバッグ。きちんと整えられた頭髪、音を立てる革靴。ガサリという衣擦れが続き、動画はそれでオシマイだ。

「そんな胸糞悪いことしてる奴、顔を映してやりゃ良かったのに。後ろ姿だけなんて遠慮しなくてもさ」

憤慨する里依紗に、私は首を竦めた。

「顔を撮るためにわざわざ正面に回り込むのは怖いよ。それに、遠巻きに撮ってただけだったから向こうも反撃せずに素直に逃げたんだと思う」

「確かにそうかも。はー、なんかヤダな。この人、後ろ姿見る限りは普通の人じゃん？　もっと分かりやすくヤバい奴の方が安心するよね、こういうのって」

「安心？」

「だってさ、満員電車に乗ってる時にこのオッサンが横にいても分かんないじゃん。警戒しようがないっていうか、ね」

頰杖を突いたまま、里依紗は片方の口端をにやりと持ち上げた。「それよりさ」と里依紗が言葉を続ける。

「結局、箱の中の猫はどうなったの？」

箸の動きが止まる。ソースの絡みついた箸の先端が視界に入った。汚い。

「役所の人に連絡した。私じゃどうにもできないし」

「へー。じゃあそのこともツイッターに書いておけば？　引き取り手、見つかるかもしんないじゃん」

「……引き取り手？」

一瞬、言葉が詰まった。動揺を隠すように、わざとグラスを傾けた。里依紗が呆れたように溜息を吐く。

「必要でしょ。箱の中、何匹入ってたの？」

「三匹。白と黒のぶち模様の子猫だったよ」

「子猫かぁ、可哀想」

眉間に皺を寄せ、里依紗は大袈裟に顔をしかめた。彼女も実家で猫を飼っていたらしいから、男の行為に腹を立てているのだろう。

脳裏に浮かび上がる、あの日の情景。ゴミみたいに道路端に置かれていた段ボール。きちんと磨かれていた男の革靴。靴がめり込んだ箱の側面には、『にゃんちゃんキャットタワー』と製品名が書かれていた。箱に近付き、私はセロハンテープで雑に閉じられていた封を開ける。

その中身は——

「吐きそう」

ナイフの先端に似た不快感が、チクチクと胃の奥を突き上げている。咄嗟に口元を押さえ、私は背中を丸めた。えずくのには慣れているが、実際に吐くのは慣れていない。

「大丈夫？　嫌なこと思い出させちゃったか」

里依紗は慌てて私の背を擦った。五本指の形をした体温が、背骨をなぞるように上下しているのが分かる。浪人したせいで一歳年上の里依紗は、ここぞという時に私に優しい。

「揚げ物キツイならごはん取り換えよっか？」

「スタミナラーメンの方がキツイって」

ふふ、と口から息が漏れる。それが笑い声であったことに、自分が一番ほっとした。


スクリーンの上では赤い点がふらふらとハエみたいに彷徨っている。教授が指示棒代わりに使っているレーザーポインターの光だった。ドイツ文学の講義は、文学部以外の人間にも選択が可能となっている。単位を取りやすいという評判を聞きつけ、多くの学生が講義室に集まっていた。

私が文学部を選んだのは、偏に小説が好きだったからだ。自分じゃない誰かになって、意識が現実から切り離される。文字を追うことが楽しくて、嫌なことも悲しいこともその間だけは忘れられた。

――本は、人を救ってくれる。

幼い頃から、私はそう信じている。

スクリーンの前では、教授が熱弁をふるっていた。今日のテーマはギュンター・グラスだ。それを右から左へ聞き流し、私はデスクの下でスマートフォンを操作する。その隣では、里依紗がアルバイト先である塾の答案を採点していた。

　ツイッターの通知欄に羅列された言葉たち。私不在で交わされる議論。溢れる感情は、大抵は箱を蹴っていた男に対する怒りだった。

『ひどすぎ。猫は悪くない！』

『こういう奴が子供とか襲うんだって、警察仕事しろよ』

『突然のご連絡失礼いたします。情報番組「ＷａＬＬ」の者です。明日の放送でメイコ様の動画を使用させて頂きたくご連絡いたしました。ご検討よろしくお願いいたします。』

『とんでもない場面に遭遇しましたね、私も猫を飼っているので怒りが収まりません。ですが、投稿者様が無事で良かったです。こうした場合はすぐに逃げた方がいいですよ』

『フォロー外から失礼します。男の人が冷静なのが怖いですね……。猫ちゃんはその後どうなったんでしょうか？』

　信じられない。ひどい。可哀想。誰かが誰かに怒って、憤慨して、満足する。人間って実は怒りたがりなのかもしれない、と通知欄を眺めていると思う。

　アカウントを見れば、その人の思考が分かる。顔も知らない誰かがそこで生活を営んでいて、意識的にであれ無意識的にであれ、本音の形跡を残している。映画に出てくる探偵のようにその一つ一つを手繰り寄せて、どんな人間かを想像するのは面白い。

　短い文章の投稿を連続で行っている人は喋っている時と同じような感覚なんだろうし、リツイートばかりしている人は自分の言葉を発信するつもりがない。誰かへの返信ばかりな人は、会話や議論をしたがっている。同じサービス内でも目的がバラバラなのだから揉めることもあるし、不快になる時もある。

手の平を自身の額に擦りつけ、私は深く溜息を吐いた。最新の通知に並ぶ、同一人物からの六十二件のコメント。そのどれもが一時間以内に送られたコメントだった。

『なあ、もうお前が嘘吐いてるって分かってんだよなぁ』

『段ボールの中身早く見せろよメイコ。おい、見てんだろ』

『どうせしょうもない大学行ってんだろ。お前みたいなやつ、何やったってどうせ意味ないのに。親が可哀想だなぁ、お前みたいな虚言癖の娘を持って』

ツイートがバズってから、こちらに粘着的に絡んでくるアカウントだ。犬の写真に洋服の絵を雑にコラージュした画像をアイコンにしており、プロフィールには『お前が平気で生きてるのが気に食わない』と書かれている。アカウント名は『パブロフ康成』。康成という名前は本名なのだろうか。

「なにソイツ」

声量を抑えた、それでいてぎょっとした声がすぐ隣から聞こえてくる。私は咄嗟にスマホ画面を裏返した。いつからこちらの様子を窺っていたのか、里依紗が赤ペンを持ったまま眉間に皺を寄せていた。

「さっき気持ち悪くなってたの、ソイツのせい？　こんな奴に付き纏われてたら、そりゃあ気分も悪くなるって。ブロックしなよ」

ツイッターでアカウントをブロックすると、相手はこちらのツイートを見ることができなくなり、さらにこちらの通知欄に相手の投稿が一切表示されなくなる。相手が直接リプライを送ってこようと、その情報がこちらに届くことはない。壁に向かって一人で話しているのと同じ状態になる。

「でもさ、ブロックしたらまた別のアカウントで粘着されそうじゃない？」

「まぁ、確かに。逆上されて別アカで攻撃されるってのはあり得るかも」

「この人もすぐに飽きて別のターゲットのところに移るだろうし、それを待つつもり」

「ってかさ、コイツ怪しくない？　こんなにしつこいって、もしかして本人だったりして」

「本人って？」

「映像に映ってたあの男」

「まさか」

二人の間に沈黙が落ちる。嫌な想像を振り払うように、私は画面を切り替えた。

「ただの野次馬だよ。それに、この人以外にも変なコメントいっぱい来てるんだ。もういちいち反応するのも嫌になって」

「変なコメントって、例えば？」

「これとか」

別のアカウントから届いたコメントを見せる。綺麗な山の風景のアイコンが、画像ののどかさとは対照的な暴言を吐いている。

『はい、嘘。本当だったらまず箱の中身を映してるはずだよね。ストレス発散にゴミ蹴ってた男性が冤罪を掛けられて可哀想だな。この男性も箱じゃなくて撮影してる女をボコボコにすれば良かったのに』

ヤバイ奴じゃん、と里依紗が憤りをペンにぶつけている。周囲からの視線を感じ、私は里依紗の腕を肘で小突いた。教室が騒がしいとはいえ、今は授業中だ。

声を潜め、私はスマホ画面を撫でる。

「この人も普通の人だよ。奥さんがいて、小学生の息子がいて。誕生日なんかは友人からお祝いのコメントがきてる。ゴルフが趣味みたいで、行くたびに毎回スコアを書いてて」

「そんな奴が子供の父親だって事実が既に怖いよ——って、またパブロフ康成じゃん」

通知欄にまたしても現れた大量の投稿に、里依紗が小さく舌打ちした。私はすっかり慣れっこになっていて、彼の投稿を指でスクロールして押し流した。『嘘を認めろ』『この偽善者』『なんとか言えよ』視界に映る散り散りになった罵声の欠片が、私の心臓に薄靄を掛ける。尖った刃先にガーゼをぐるぐると巻き付けて刺されたみたいな、ぼんやりとした不快感。苛立ちは確かにある。それでも、私は彼をブロックしない。

「芽衣子って変なところで強いよねぇ」

黙々とスクロールする私に、里依紗が呆れたように自身のこめかみを押さえていた。

帰宅し、そのまま自室のベッドに寝転がる。実家通いのメリットは、広い空間を贅沢に使えるところだ。里依紗が借りているワンルームマンションなんて、六畳しかないのに家賃が八万円もする。ユニットバスだし一口コンロだし、と里依紗は文句ばかり言っていたが、駅から徒歩五分という利便性に負けたらしい。

半端な丈のカーテンを、私は下から見上げる。窓から差し込む外灯の光が、消灯したままの部屋を曖昧な明るさで満たしていた。

　パブロフ康成。ふざけた名前の男からの一方的な返信は、数時間ごとに行われる。最初に見た時はぎょっとしたが、今ではもう慣れた。慣れてしまった。

　康成のアカウントページを開き、彼の返信欄を逐一眺める。百四十文字以内の罵声に鋭さはなく、まるで子供の癇癪みたいだ。手当たり次第にその辺に転がっているおもちゃを投げつけて、それで他人が傷付くことを夢見ている。

　脳内にフラッシュバックするのは、十年程前の記憶だ。小学生だった私のクラスは、授業の一環でディベートを行った。議題は確か、

「世界中の人間が仲良くすることは可能か」


　担任の先生が発した言葉を、幼い私は話半分に聞き流していた。昔から、自分の意見を言うのは得意じゃなかった。

「私は可能だと思います」

　そう手を挙げたのは、西野さんという女の子だった。学級委員長で、完璧主義なきらいがあった。掃除をサボる男子を注意し、合唱コンクールの練習を怠ける男子を注意し、女子を揶揄う男子を注意していた。

　とにかく男子に注意してばかりの西野さんだったが、私は彼女に一目置いていた。私は他人に注意なんて出来ない。どうでもいいですという態度をとって、無関係を貫いてしまう。だけ

ど西野さんは違う。私は彼女のそういうところを尊敬していた。

「今、グーグルを使ったらすぐに翻訳してくれるじゃないですか。私のお母さん、ネットで自分が作ったアクセサリーを売ったりしてるんですけど、外国の人ともやり取りしてました。言葉が共有できるなら、きっと考えも共有できるようになるって思うんです。ちゃんと話せば誰とだって分かりあえるはずだし、そうやって皆が平和な世界を作りたいって思ったら、世界中の人と仲良くなれるんじゃないかなって」

　西野さんの意見に、担任の先生も満足そうに頷いていた。作文で書いたらきっと花丸を貰えるくらい。私は西野さんの考え方が好きだと思った。現実で実現可能かと言ったらきっと限りなく不可能に近いのだろうけれど、良い方向を目指す態度を馬鹿にしてばかりいたら、世界は何もかもダメになっていくような気がする。

「他に意見はある？」

　そう先生が促しても、しばらくは誰も口を開かなかった。皆、自発的な発言をすることに慣れていないのだ。早く誰かなんとか言えよな、と私は他人事みたいに思っていた。

「じゃあ、吉村（よしむら）君どう思う？」

　先生に当てられたのは、サッカーのせいで一年中日焼けしている吉村君だった。彼は困ったように頭を掻き、それから渋々という態度で立ち上がった。

「俺は、無理だと思います」

「どうして？」

「だって、現実問題ムリじゃん。戦争がいつ起こるかも分かんないし」

「ってか、西野の意見って単なるお花畑じゃね？　リソーロンリソーロン」

　吉村君の意見に勝手に加わったのは、少し離れた席にいる田中君だった。田中君はいつも西野さんに注意されていたから、仕返しのつもりもあったのかもしれない。田中君は西野さんに向かって、真っ直ぐに指を差した。

「大体、俺、お前のこと嫌いだもん。皆と仲良くなれるとかよく言えるよな。お前、嫌われてるのに」

　ハハッと小馬鹿にした笑いが田中君の口から洩れた。それまで黙っていた周囲の子達も、同調するような反応を示した。嫌な空気だ、と私は思った。

　西野さんは指先で前髪を払い、それから大きく息を吐き出した。机の下でジリリと動いた足の動きは、駆け出す前の闘牛に似ていた。戦う前の予備動作。

「あぁ、そう。田中君に嫌われても別に困らないから問題ないよ」

　平然とそう言い切った西野さんに、今度は「西野さん強い」とか「言ったれ田中」とか好き勝手な野次が飛んだ。教室が騒がしくなるのは好きじゃない。なんとかしてくれないかと私が先生を見遣ったのと、教室の中央で田中君が突っ伏したのは同時だった。

「なんでそんなこと言うんだよ！」

　腕に顔を押し付けているせいで、声がくぐもって聞こえる。まさか、泣いているのか。呆気にとられたのは私だけでなく、他の子達も顔を見合わせてヒソヒソと囁き合っている。「え、なんで田中君が泣くの？」「田中ダサすぎる」空気よりも軽い話し声が、田中君の背中をチクチクと突き刺していた。

田中君は何故泣いたのか。彼はきっと、自分の「嫌い」の持つ力を信じていた。自分が嫌いと言えば相手が大きく傷付くと、無邪気に信じ込んでいた。だが、西野さんは簡単に田中君の「嫌い」を切り捨てた。彼はそこで知ったのだ。自分の感情が、他人から無視されてしまう現実を。

『返信先：@meiko19990405さん
お前みたいな偽善者が世の中を苦しめるんだよな。箱を蹴ってる男がいた、それだけの話をここまで大袈裟にしてよ。ここまで大騒ぎしたんだから、責任もって箱の中身まで公開しろよ。お前みたいな奴が同じ日本に住んでるだなんて、反吐が出そうだよ』
自身の投稿にぶら下がる返信の数々を、スクロールして遡る。私宛に届いた、彼からの最初のコメントだ。
あの時のことを思い出すと、今でも胸の内側がざわつく。
肯定も否定も入り混じるツイートの山の中で、彼の最初のツイートはとくだん目立ってはいなかった。悪口すら平凡で退屈。すぐに記憶から流れてしまうような内容だ。だが、康成の異様さは文面にはない。通知画面を上から下へスクロールすると、連続して同じアイコンが視界に入った。パブロフ康成。彼は一度に二十件の返信を私へ送りつけていた。
『正義のヒーローぶって、結局嫌われただけだったな。みんなお前のことが嫌いだよ。嫌われてるって、自覚しろよ。昔から空気読めないって言われるだろ』
『みんなお前が謝るまで許さないからな。虚言で周りを狂わせる偽善者め。おい、見てんだろ。

無視してんじゃねーぞ。お前の通う大学の奴らも、お前のこと嫌ってんだよ。馬鹿だねぇ。本当にお前は馬鹿だし愚かだ』

――みんなお前のことが嫌いだよ。

その一文を見た瞬間、私は自身の心臓がぎゅっと強く締め付けられるのを感じた。『みんな』『嫌われる』『偽善者』繰り返される単語が、私の脳を刺激する。机に突っ伏した田中君の姿が、瞼（まぶた）の裏に微（かす）かにちらついた。

可哀想。そう、強く思った。

彼が『みんな』という主語を使うのは、自尊心が極端に低いからだ。他人への悪口でさえ、彼は自分を主役に出来ない。「俺はお前が嫌いだ」と伝えても相手になんのダメージが与えられないことを知っている。

過激なことを言って気を引かないと、悪意すら向けてもらえない。そこにいてもいなくても同じ存在。臆病で傷付きやすい自分を隠そうと、彼は必死になって攻撃する。自分が拒絶されるのは、過激な言動のせいだと思いたいから。本当の自分を守りたいから。

康成のアカウントページを開くと、投稿欄は企業の懸賞サービスのリツイートで埋め尽くされていた。自分からの発信は一つもない。それとは対照的に、返信欄は百や千では到底収まらない数の罵詈雑言で埋め尽くされている。

『おい、見てんだろ。無視してんじゃねーよ』

もしかするとこの男は私が女だからこんな風に強い言葉を吐くのだろうか。そう思ったが、返信欄を見る限り、康成はバズったツイートの投稿者に誰彼構わず噛みついているようだった。

その相手は大学教授だったり、地下アイドルだったりした。康成はその界隈では有名人らしく、地下アイドルのファンたちが通報したと報告し合っていた。ブロックしている人間も多かった。

彼は透明な存在だった。

ツイッターでブロックされると、自身の投稿が相手の目には見えなくなる。闇雲に叫んで、鈍ら(なまく)な刃物を振り回して、そうして誰かの気を引いて。彼の行き着く先は、無だ。脅かしてやろうと見せびらかすナイフは、誰の目にも留まっていない。

その振る舞いがあまりに痛々しくて、私だけは彼を拒絶しないでやろうと思った。だって、あまりに惨めだったから。

檻の中にいる珍獣を安全なところからちらりと覗き込むように、私はスマートフォンの中で彼を飼うことに決めた。彼が、私に飽きるまで。

『三日経ってもだんまりか？　おい、他の奴がお前を忘れても俺は忘れないからな。なんとか言えよ。あの動画、嘘だったんだろ？　さっさと嘘を認めろって』

『なにタピオカ飲んでんだよ。有耶無耶(うやむや)にしようたってそうはいかないからな。あれから五日も経ってんだぞ。お前に動画撮られたオッサンは、冤罪で今頃泣いてるよ。メイコ、お前は罪を犯したんだ。お前はみんなから嫌われてんだよ』

『おい。一週間経ったぞ、そろそろあの動画についてなんか言えよ。箱の中身が空っぽだって認めろよ、偽善者』

ツイッターを立ち上げた途端、パブロフ康成が今日も元気に吠えている。狭い電車の座席で、私は両隣の乗客に触れないように肩を丸めた。

康成を飼い出して、今日でちょうど一週間が経つ。その頃にはあのツイートが拡散されることもなくなり、通知欄も落ち着いた。私のアカウントは静けさを取り戻し、以前と同じように日常のツイートを行えるようになっていた。

『友達とタピオカ飲みに行ったら三時間待ちだった！　ディズニーランドかよって感じだよね』

里依紗と遊びに行ったツイートについた康成からの返信が、先ほどのアレだ。

出勤ラッシュ時の満員電車の中、私は足を踏まれないようにできるだけ身体を小さくする。大学までは電車で三十分掛かる。ここでのツイッターのチェックが、私の日課だった。

偽善者。そう他人を詰る時、康成はどんな顔をしているのだろうか。眼鏡は掛けているのだろうか。細くて神経質そうな顔をしているのかもしれないし、もしくは巨漢かもしれない。或いは、如何にも凡庸という見た目かも。

私は康成の顔を知らない。だから、彼が隣にいたって分からない。

――もしかして本人だったりして。

里依紗が冗談めかして言った台詞が、ふとした瞬間に脳裏を過ぎる。だが、それを気にしていても仕方ない。康成のアカウント内の時間を遡り、私は彼が吐き出した罵りを一つ一つ消費していく。

『返信先：@suzuki_Drqmms さん

おい、鈴木。お前、無視してんじゃねーぞ。お前みたいなでしゃばりのせいで痴漢冤罪を生む女が野放しにされてるんだよ。痴漢から助けたとか言ってヒーロー気取りで、お前、周りから嫌われたよ。日本から出ていけ、この偽善者が』

康成は私以外の人間にもたくさん返信するが、三日も経たずしてターゲットを変える。恐らく噛みついてはブロックされるのを繰り返しているのだろう。

『何がパブロフ康成だよ、誰彼構わず絡みやがって。お前に必要なのはツイッターじゃなくて病院だよ。鈴木さんに二度と絡むな』

康成のツイートには時折反論のリプがついた。絡まれた相手を庇う内容がほとんどで、その度に康成は嬉しそうに言葉を紡ぐ。

『鈴木の手先か？　コイツが偽善者なことは間違いないだろうが。大体、お前みたいな奴は鈴木の相手にされてないんだよ。可哀想だねぇ。お前、本当に可哀想だよ。俺に何を言おうと、鈴木には無視されるんだ』

投げたボールに飛びつく犬みたい。康成のはしゃぐ声が勝手に脳内で再現される。他人を傷付けることでしか、自分の存在価値を見出せない大人。

なんだか胸が苦しくなって、私は鞄から文庫本を取り出した。文字を目で追っていくと、それだけで気持ちが落ち着いてくる。幼いころからずっとそうだ。どれだけ辛くとも、小説を読めば辛い現実を忘れられた。

――本は、人を救ってくれる。

更新がない。目が覚めて、まず気になったのがそれだった。康成に絡まれるようになった、二週間後のことだった。

ベッドに寝転がったまま、私はパブロフ康成のアカウントページを何度も見る。最終の返信が昨日の午後五時に二通。それ以降、彼はリツイートも返信もしていない。

まさか、死んだのだろうか。

いつもならば深夜まで返信活動を行っているはずなのに。ドクン、ドクン。心臓が早鐘を打つ。額に滲(にじ)む汗を、私は自身の二の腕に擦りつけた。下半身からサーッと血の気が引いていくのが分かる。同時に、喉が自然と安堵に震えた。

もう関わらなくていいのか。そう思った自分に驚く。何を言っているのか、彼を飼うと決めたのは自分なのに。


『メイコ、お前猫飼ってたんだな。それなのに注目を集めるために猫を使って嘘吐いたのか。茶太郎も悲しんでるよ、お前みたいな屑野郎に飼われてさ』

康成が返信を寄越したのは、その日の夜だった。午後八時、自室で寝転がってスマホを弄(いじ)っていると通知欄にコメントが滑り込んできたのだ。落胆と安堵が同時に込み上げ、そんな自分に苦笑した。

康成の私への返信はその一件だけで、連続して行われた残り三十六件の返信は全て他の人間宛てのものだった。

康成が言っているのは、恐らく一年前の私のツイートを読んでの感想だろう。彼が私の過去のツイートを遡って読んでいたかと思うと、ひやりとした感覚が背中に走る。『茶太郎が死んでもう一年が経つと思うとなんだか不思議。フォルダに入ってる茶太郎の画像を見ると、どれも可愛いんだよねー。一番お気に入りのやつ、おすそわけ』

茶太郎というのは二年前に死んだ飼い猫の名前だ。私の部屋の出窓にいるのが好きで、よく寸足らずのカーテンの隙間からこちらを見つめていた。

ツイートに貼り付けられた茶太郎の画像。もう取り戻せない、愛すべき日常の風景。何もいない出窓を一瞥し、私は指先で瞼越しに目玉を押した。黒の奥に光る、閃光みたいな白い稲妻。

康成のアカウントを見ると、今も元気に他人へ暴言を吐いている。彼のこの執念は一体どこから湧いてくるのだろう。目を閉じて想像する。小さなケージの中からこちらを見上げる、小人のような男。彼は口汚くこちらを罵っているが、私は上手く聞き取れない。

彼の言葉は届かない。誰にも。

「鍋も食べたいし映画も見たい」という里依紗の一言をきっかけに、突然二人で夏鍋会を決行することとなった。里依紗の部屋に泊りがけで遊びに行くことはしょっちゅうで、二人で生産性のない時間を過ごす。酒を飲み、映画を漁りながら愚痴を言い合い、そして寝る。絵にかいたように平和な日々だ。

マンションに着き、里依紗が玄関の戸を開ける。「お邪魔します」という私の挨拶を「どーぞ」と軽く受け流し、里依紗は先ほど買った食品を冷蔵庫へと移している。１Ｋの住居全体の広さは二十二平米、私の実家のリビングの大きさとほとんど同じだ。

　里依紗の後頭部越しに、私は冷蔵庫の中を覗く。一段目にぎっしりと詰まった酒缶に、私は思わず顔をしかめた。「アルコール9パーセント」とデカデカと書いてある。

「酒どうする？　もう開ける？」と言いつつ、里依紗は既に発泡酒の缶を開けていた。カシュッと小気味の良い音が狭い室内に響く。安くてすぐ酔えるという理由で、里依紗はこの酒を好んでいた。

　どうやら鍋の支度は自分がした方が早そうだった。肉団子、もやし、キャベツを一口サイズにカットし、卓上コンロでぐつぐつと煮込む。軽く火が通ったのを確認し、カレールウと冷蔵餃子を中へ入れる。さらに煮込み、とろけるチーズを大量に投入したらカレー鍋の完成だ。

「あー、美味い！」

　鍋、酒、鍋、酒、鍋、酒……を繰り返していた里依紗が、満足そうに息を吐いた。くたびれた座布団の上で胡坐（あぐら）を掻き、彼女は缶のふちを持ってふらふらと左右に揺らした。

「ってか、結局映画見てないじゃん。私、あれ見たいんだよ。『きっと、うまくいく』」

「なにそれ」

「名作なんだって。この前、ツイートで流れてきた」

　動画配信サイトで題名を検索し、すぐさま視聴を始める。パソコンに取り付けられたスピーカーが、うっすらと低音を響かせていた。びりびりとパソコンデスクが振動する。陽気な音楽、華やかな色合いの映像。インドの大学生の話らしいが、登場するのは大人ばかりだった。どうやら現在と回想が交互に入れ替わる構成らしい。

「これ、何時間あんの？」と里依紗が顎を擦りながら尋ねる。

「一七一分だって」

「ながっ」

「いいじゃん、たまにはさ」

割りばしで肉団子を半分に割き、口の中に入れる。舌の上で転がる熱に、私は思わず口を広げた。冷たい空気を取り込もうとするも、漏れるのはハフハフと間の抜けた音ばかりでちっとも熱さが誤魔化せない。行儀が悪いと分かりつつも、私は椀の中に肉団子を吐き出した。それを見て、里依紗が大笑いする。

「急いで食べすぎ」

「舌やけどしたかも」

口の中を舌で舐めると、ざらざらとした感触がする。皮が剝けたのかもしれない。

「あ、」

不意に視界に入ったスマートフォンの画面。その端に浮かぶ、ツイッターのお知らせ通知。表示された名前に、無意識の内に身体が強張る。

「またパブロフ？」

その場で立ち上がり、里依紗はベッドへと寝転がった。狭い部屋の利点は、何もかもが手の届く場所にあることだ。流れる映画の音声をＢＧＭに、里依紗は薄く笑った。

「飽きないね、ソイツも。なんて書いてあるの？」

尋ねられ、私は淡々とその文面を読み上げる。

「『お前がのうのうと生きてる間にも痴漢冤罪は生まれてるんだよ。お前みたいな存在が社会を悪くするんだ。早く日本から出て行け、偽善者め』だって」

「痴漢冤罪で苦しんでる人もコイツに代弁して欲しいとは絶対思ってないよね」

「それはそうかも」

「ってかさー、芽衣子はまだソイツのことブロックしてないの？　意地？」

「んー、惰性かなぁ」

「惰性かあ」

里依紗は缶をローテーブルへと置こうとした。中身の無くなったそれが、ローテーブルにぶつかってカランと軽い音を立てた。緩んでいた里依紗の口元が、唐突に引き締められる。そのすぐ横で、映画は急展開を迎えていた。

「芽衣子のそれってさ、防衛反応なんじゃない？」

「どういう意味？」

「そのまんまの意味。本当は不愉快なのに、無理やり面白がることで自分の心を守ってるように見える。私には」

スピーカーから流れる不穏なＢＧＭ。マウスで一時停止ボタンをクリックすると、画面は男のアップで止まった。静かになった室内に、ぐつぐつと鍋が煮えたぎる音だけが響く。

「どうだろうね」

そう言って、私は肩を竦めた。あしらおうとしたわけではなく、それが私の本心だった。

「芽衣子って、そういうとこあんじゃん。嫌なことがあった時に、観察対象にすることでやり過ごすというかさ。嫌だって気持ちを見ないフリして、傷付いてないって思い込もうとしているように見える」

「それってだめ？」

「んー、ダメっていうか、観察者になりきれてるなら別にいいけど、実際問題、芽衣子は傷付いてるじゃん。そんなわけのわかんない匿名野郎のせいでさ」

「傷付いてるように思う？」

「思う」

頷かれ、私はスマホの画面を見下ろす。薄っぺらい、長方形の液晶画面。うっすらと光る画面には、所狭しとアイコンが並んでいる。画像を加工するアプリ。読書管理アプリ。通販アプリ、映画アプリ、体験版だけプレイした無料のゲームアプリ。家族でよく行く回転ずしの予約アプリ、美容院の検索アプリ……。集積される情報が、私という人間を示している。自身の思考を自己分析するよりもスマホのデータを解析した方が、きっと有益なんだろう。

私のことは、私ですらよく分からない。

「前にも言ったことあると思うけど、私ね、実家で猫を飼ってたの」

里依紗はそう言って言葉を続けた。

「お母さんの職場の近くで捨てられててね。引き取りたい人はたくさんいたんだけど、結局ジャンケンで勝った我が家の飼い猫になった。猫のせいで家の壁中、傷だらけになっちゃって」

「でも猫って可愛いから、癒し効果でなんでも許せるでしょ」

「そう。可愛いと、全部許せるんだよ」

里依紗の両目が、真っ直ぐにこちらを射抜く。何故だか決まりが悪くなり、私は椀の縁を指でなぞる。スープの上に浮かぶ、蛍光灯の白い丸。濁った水面に浮かぶ、まがい物の太陽。

「捨て猫を助けようと思うのは可愛いから。じゃ、可愛くない奴を助けたくないって思うことはいけないことなのかな。可愛い奴と可愛くない奴、同じ可哀想な状況だったら絶対にどちらも助けないといけない？」

「それは、もしかしなくても人間の話？」

「全部の話。例えばさ、貴方が寄付したお金で貧しい人を助けますって言われるとするじゃん。その時に、やっぱり飲んだくれで働かずに周りに暴力振るう人に届けられるよりは、一生懸命真面目に頑張っている子供の為に使って欲しいって思わない？」

「それはまあ、思うけど」

「それと一緒でさ、私達はどうしても生物に優劣をつける。生産性のあるなしとか、美醜とか。それ自体はきっと素直な反応というか、無意識的に湧くものなんだよ。芽衣子の問題はその感情を持つこと自体を否定して、頑なに自分の本心を見ないフリしていることな気がする。他人に攻撃的な感情を持つことは全て悪だから、何か言われても我慢して受け入れて、ことを荒立てちゃいけないって思い込んでるところない？」

図星だ、と思うほど私は自分のことをよく知らない。そう強く言われるとそうであるような気がしてくるし、そうじゃないような気もしてくる。首の裏に掻いた汗を、私は手の平で拭いとった。

「芽衣子には康成をブロックする権利があるんだよ。向こうのわけわかんない理不尽に付き合う必要なんてない」

里依紗の言葉に、私はゆっくりと首を左右に振った。酒を飲んだせいか、心臓の鼓動がいつもより速い。熱を持ち始めた両目を、私は自身の手で覆う。

「あの日、本当は何があったか、里依紗には教えるよ」

両腕を下ろし、ゆっくりと瞼を開く。視界に映ったのは、ベッドから降りた里依紗が鍋の具材を箸先で突(つつ)いているところだった。

「本当のことって？」

鍋の残りを掻き集めることのついでのように、里依紗は言った。それが彼女の優しさであることぐらいは、私も察していた。

「私、動画をアップしたでしょ？」

「この前バズったやつね」

「そう。あの時、箱の中身をなんで撮らないんだってリプしてきた人、結構いたのね。でも、私は全部それを無視した。康成が粘着してきたのも、それが原因なのかもしれない。『皆が知りたいと思ってるんだからさっさとお前の持ってる情報を開示しろ』って主張する人、多いよね。他人の大事なところに踏み込んでるって自覚がない」

テレビの依頼も、ウェブ媒体の依頼も、好奇心からのコメントも。あの時、私は沢山の人間に責め立てられているように感じていた。

「動画には映ってないんだけどさ、私ね、あの男がいなくなった後、箱を開けたの。そしたら、中に入ってた猫はもう死んでた」

里依紗の喉がごくりと上下した。黙って相槌を打つ彼女に、私は言葉の続きを紡ぐ。

「引き取り手を探さなかったのはそのせい。役所の人に連絡して、動物の死骸として処理してもらった。動画に猫の姿を映さなかったのは、私自身、確証がなかったから。あの男が蹴ったせいで猫は死んだのか、それとも他の要因で死んでいたのか」

男に遭遇する一時間前、私は斉浜市中央公園前駅に一度足を運んでいた。捨てられた段ボール箱、その中から聞こえたみゃーというか細い悲鳴。私が箱を開けると、『拾ってください』と書かれたA4のコピー用紙と共に、三匹の子猫の姿が見えた。子猫たちは丸くなって横たわっていた。呼吸も荒く、弱っているのは明らかだった。

猫を拾うなら親の許可を得なければ。思考と同時に鞄のポケットに手を伸ばすが、あるはずの感触が指にない。スマートフォンを忘れたと気付いたのは、その時だった。

私は箱を閉めると、これまで来た道を逆方向に辿り始めた。今日は母親の仕事が休みだから、家に帰って直接聞くのが早いと思ったのだ。それが正解だったかどうか、私は今でも分からない。

家に帰った時、母親は録画したテレビ番組を見ていた。弱っていた捨て猫がいたと言うと、三匹という数字に多少の躊躇(ためら)いはあったものの、最後は拾うことを認めてくれた。承諾を得た私は、充電コードに繋げたままだったスマートフォンを回収すると、もう一度駅へと向かった。

——そして、あの現場に出くわした。

ぶつぶつと何かを呟く男が箱を蹴り続けている、あの現場に。

「私が最初に見た時は、まだ猫は生きてたの。三匹とも。だから箱を蹴ってる男の人を見た時、腹が立った。でもその人はそのままどっか行っちゃって、箱の中には死んだ猫だけしかいなくて……。どうしていいか分からなくて、とにかく腹が立って、誰かに代わりに怒って欲しいと思った。アイツのやったことを罵って欲しいって。だから、ツイッターにアップした」

その結果がこれだ。顔も知らない沢山の人間が、私のツイートを読んでくれた。私の代わりに怒ってくれた。そして、少数の人間が私に牙を剝いた。

「でも、そもそも箱の中にいた猫は弱ってた。最初に私が箱ごと家に持って帰っていれば、猫はきっと死なないで済んだ。あの男の人は箱の中身なんて知らなくて、本当にただの八つ当たりでゴミに見えた箱を蹴ってただけなのかもしれない。それなのに、私のせいでとんでもない悪人に仕立て上げられてるのかもしれない。全部全部、私が悪いのかもしれない」

嵐みたいな感情の雨粒が、大きな川となって流れを作る。溢れ出る苛立ちが、感情の蓋を押し開けた。

「私があの時、スマホを忘れてなかったら。そしたら、お母さんに電話で確認して、すぐ家に連れて帰ったのに。私だって悪いんだ。あの男だけじゃないんだ、悪いのは」

気付けば拳（こぶし）に痛みが走った。握り込んだ手の平が、ローテーブルを強く叩いていた。その振動で、空き缶が落ちる。カランと音を立てて床に転がる空き缶を、里依紗は拾い上げてゴミ箱へと放り込んだ。

「ほらやっぱり、芽衣子は傷付いてる」

「私が傷付いてるとか、そういう問題じゃない。私が後悔したって、取り返しがつかない」

「取り返しはつかないね。猫は確かに死んだ。でも、その死の責任が芽衣子にあるだなんて思うのはおかしい。芽衣子は悪くない」

本当はそんなこと分かってる。でも、思考が止まってくれない。誰かに慰められたって、結局は心に生まれた深い傷口が塞がらない。ぱっくり開いたそこに指を突っ込んで、いたぶって、そうやって心を自傷することを止められない。

私のせいじゃないと言われても、私はその死を背負っていくべきなんだ。

そう声を荒らげたいのに、喉に詰まって言葉が出ない。唇を嚙み締め俯いた私を、里依紗の腕が強く抱きしめた。甘ったるい酒の匂いが、彼女の吐息からぷんと香る。

「やっぱりブロックすべきだよ。アイツがコメントを送ってくるせいで、芽衣子はあの日に縛り付けられてる」

「アイツって、パブロフ康成のこと？」

「それ以外誰がいんの。芽衣子は真面目だから、自分を責めちゃうのはしょうがない。でも、今のままを続けてたら、絶対に心が折れちゃうよ。ブロックしよう。顔も知らない誰かに誹謗中傷される状態が続くなんて、絶対に異常だって」

「でも……」

もし私が彼をブロックしたら、彼はどう思うのだろうか。文句を言える人間が一人減ったとがっかりする程度ならいい。もし私が拒絶したせいで、彼が絶望したら？　社会から透明人間のように扱われている彼が、もしも壊れてしまったら？

言葉を濁した私の内心などお見通しだったのか、里依紗は溜息を吐くと、私の背中に回していた腕を解いた。そのまま、彼女の手が私の両肩を摑む。真っ向から見つめられ、私は思わず目を逸らした。

「芽衣子、聞いて」

「聞いてるよ」

「ちゃんと耳を傾けてって意味。今すぐここで、康成のことをブロックして。それ以外のことは何も言わない。でも、絶対にそうすべき。芽衣子の心を守るために」

「そうなの、かな」

「そう。絶対にそう。もしも芽衣子が出来ないって言うなら、私がブロックしたげる。スマホ貸して」

はい、と堂々と手の平を差し出されると、従う以外の道はないような気がしてくる。私はロックを解除し、里依紗へスマホを手渡した。彼女は手慣れた操作でツイッターのアカウントページを開くと、パブロフ康成をブロックした。今後、ツイッター上で彼の投稿を私が見ることはない。

「これで芽衣子は、パブロフに気を煩(わずら)わせなくて済む。モヤモヤする気持ちがマシになったでしょ?」

「うーん、まだ分かんない」

「大丈夫だよ、これから分かるって。大体さ、嫌な相手に対してもんもんとするなんて、時間がもったいないじゃん! 嫌いなもののこと考える暇があるなら、好きなことについて考えた方が二億倍建設的でしょ」

両目を軽く細め、里依紗は人懐っこい笑みを浮かべた。唇の隙間から覗く白い歯に、一瞬ドキリとする。

　里依紗は私の膝の上にスマホを置くと、床から立ち上がった。ほとんど具がなくなった鍋の取っ手を摑み、「下げるね」と彼女は言った。パソコンを見ると、未だに俳優が同じ姿勢のまま画面の中で静止している。

「映画、最初から見直さない？」

　私の提案に、里依紗は台所で鍋を洗いながら「これ終わったらね」と笑った。洗い物をする彼女の背を眺めながら、私はぼんやりと口を開いた。

「好きなことの話なんだけどさ、実は最近、ハマってる小説があって」

「へー、面白い？」

「すっごく面白い！　貸すから読んで、二十巻くらいあるんだけど」

「なっが」

「でも面白いんだよ、一気に読んで欲しい。大学まで持っていくから」

「いやいや、それは流石（さすが）に悪いから、芽衣子の家まで自転車で取りに行くよ、明日」

「絶対読んでね、里依紗の感想を聞きたいから」

　あはっ、と里依紗が噴き出す。蛇口から流れる水が、鍋から泡を流し落としている。

「芽衣子ってホント、本好きだよね」

「そりゃ文学部だもん」

「堂々と言い切っ――うわっ」

　語尾に溢れた悲鳴は、普段よりも一オクターブくらい低い声だった。蛇口を閉め、そそくさと棚の中を漁りだした里依紗に、私は尋ねる。

「なになに、どうしたの」

「コバエが湧いてる。最悪、一昨日の生ごみ放置してたせいだ」

「早く捨てたら良かったのに」

「だってめんどくさかったし」

　里依紗の背後では、確かに黒い点が飛び回っている。実家でコバエを見る機会が少ないのは、父親が毎晩台所を掃除しているおかげだろうか。

「コバエってさ、なんで湧くの？」

「知らないけど、いつの間にかどっかから湧いてるよね。外から入って来てるのかもね、気付かないだけで」

　そう言いながら、里依紗は生ごみの入った袋に何度も殺虫スプレーを噴射した。白い煙の中で、小さなハエたちが落ちていく。

　ハエだって生きている。食事をし、卵を産み、そして死ぬ。彼らが私達に危害を加えることはないが、疎ましいという理由だけで排除される対象となる。可哀想な猫にはたくさんの人間が救いの手を差し出すけれど、可哀想なハエのことは誰も助けようとしない。

　もしも目障りなものを消し続けたら、世界は美しくなるのだろうか。その美しい世界で、自分の存在は許されるのだろうか。

「そういう薬ってさ、使い過ぎると耐性つくって言うよね。効かない虫が出てくるって」

「え、マジ？　殺虫剤効かない虫とか、ただの怪物じゃん」

「まあ、その時は物理で殴るしかないんじゃない？　ハエ叩きとかで」

「あー、確かにおばあちゃんちでは全部ハエ叩きで処理してたな……よし、全部殺した」

里依紗は満足そうに頷き、スプレーを棚へと戻した。私はマウスに腕を伸ばす。

「じゃ、もう一回最初から見直しね」

マウスで再生ボタンを押す前に、私はちらりとスマホ画面を見遣る。ツイッターの通知欄は沈黙を保ったままだった。


パブロフ康成のいないツイッターは、平穏そのものだった。ツイッターを開いた時に、ひどいことが書かれていないかとドキドキする必要がない。彼の存在が如何に自分のストレスになっていたのか、今になって気付く。昨晩の里依紗の判断は正しかった。やっぱり、里依紗は私のことを私よりよく分かっている。

カーテンを捲り、窓の外を覗き見る。夕方と呼ぶにはまだ明るい。

今日の大学の授業は十五時までだったため、私はすぐさま帰宅し、自室で里依紗からの連絡を待つことにした。大学で会った時には十七時頃になりそうだと言っていたから、そろそろ近くに来ている頃だろう。

ベッドサイドには、洋服ショップの紙袋が置かれている。中には二十冊の文庫本が入っていた。里依紗に貸すための本だ。一冊七百円だから、二十冊で一万円超え。バイト学生にとっては高額な買い物だったが、このお金が好きな作家に入ると思うと悔いはない。

私は本が好きだ。誰かが誰かを楽しませようとして生み出された、創作物を愛している。自分の「好き」を誰かと共有できたら嬉しいし、人生はきっと楽しい。

紙袋から一冊本を抜き取り、パラパラと捲る。うっかりお気に入りのシーンを見付けてしまうともうダメだ、文章から目が離せなくなる。

二章の半ばから最後のエピローグまで、第十一巻の内容を私がたっぷりと堪能する頃には時刻は十九時前となっていた。集中し過ぎたせいで連絡に気付かなかったのだろうか。本を傍らに置き、慌ててスマホを確認する。通知画面には、大量のツイートが表示されていた。またどこかで例のツイートがリツイートされたのかと思い、私は先にＬＩＮＥを確認することにした。

しかし、里依紗からの連絡はない。十七時頃に送った『駅近くになったら連絡して』という私のメッセージも、読まれた形跡がない。すぐさま電話を掛けるが、繋がらない。おかしい。自転車だからスマホを操作できないとはいえ、今は十九時前だ。約束の時間から二時間も遅れている。

まさか寝坊だろうか。大学から帰ってすぐに寝てしまった、ということも里依紗ならありえる。私はベッドに座り直すと、深く息を吐き出した。自分の気持ちを落ち着かせようと、自身のツイッターの通知欄をチェックする。

『返信先：@meiko19990405さん
斉浜市中央公園前駅の近くで起きた女子大生刺傷事件の犯人って、コイツじゃねーの？前々からヤバい奴がいたんだったら警察動いてたらセーフだったんじゃね？』

ひゅっと、無意識で喉が鳴った。血の気が引く。女子大生刺傷事件。普段ならば気にも留めない八文字が、嫌な想像を掻き立てる。スマホを握り締めたまま、私はリビングへと飛び込んだ。

　母親はまだ仕事から帰っておらず、父親が台所で夕飯の支度をしていた。父親に声を掛けることもせず、私は一心不乱にテレビのリモコンを操作した。薄桃色のジャケットを身に纏ったアナウンサーが、真面目な顔でニュース原稿を読み上げている。

「斉浜市中央公園前駅にて、二十一歳の女子大生が刺された事件で、逮捕された男が自転車で移動中の女子大生の身体を引きずり下ろした後、胸部を刃物で複数回刺していたことが分かりました。救急搬送されていた佐藤里依紗さんですが、搬送先の病院で死亡が確認されました。男は警察の取り調べに対し、『自転車なのに歩道を走っていた。ルールを破ったから殺した』などと供述しているようです。では、次のニュースです――」

　淡々と流れる音声が、私の胃を捩じ切った。佐藤里依紗。女子大生。斉浜市中央公園前駅。登場する単語が全て、それが里依紗であることを示している。

　――私のせいじゃない。

　真っ先に脳裏に浮かんだ台詞。それが自己保身であることすら、その瞬間には気付かなかった。

　私が本を貸そうだなんて言ったから？

　――違う、私のせいじゃない。

　私が本なんて読んでいたから？

　――違う、私のせいじゃない。

　私が里依紗の友達だから？

——違う！　私のせいじゃない！

全てが嘘だと思いたかった。何もかもが、勘違いだと信じたかった。心臓が激しく拍動し、今にも爆発しそうだ。全身が燃えるように熱い。それなのに、頭はどこか冷静だった。排水溝の上に、重い蓋代わりに薄いベニヤ板を置いてるみたいな、不思議な感覚がする。フラフラで頼りないのに、表面上は平静を保っている。

「どうした？」

父親が台所から顔を出す。私はリモコンを置き、小さく首を横に振った。口角を無理やりに引き上げ、笑顔を作る。反射だった。

「なんでもない。部屋にいるから、ご飯が出来たら呼んで」

「母さんが帰って来てからだから、八時過ぎるかもな。お腹空いてるなら先に食べるか？」

「大丈夫。空いてない」

普段通りに振る舞えたと思う。父親が訝しむ様子はなかったから。冷静だ、と思った。私は冷静で、いつも通りだ。大丈夫、いつも通り。

自室に戻り、鍵を閉める。ベッドに腰掛けた途端に、身体からへなへなと力が抜けそうになった。倒れ込んだら負けだと思った。だから私は姿勢を正したままでいた。

ドラマや小説では、こういう時に主人公は必ず病院へ駆けつけるものだ。なのに、実際はどうだ。「迷惑」という二文字が私の身体を縛っている。余計な行動をしたら、誰かに迷惑が掛かるかもしれない。里依紗の家族が困るかもしれない。

友達は、結局は他人だ。毎日会っていたのに。彼女のことが好きだったのに。それでも私は、今日という日に彼女に会いにいく権利を持たない。

茫然と部屋に座っているだけで、時間は確実に過ぎていく。何もしないでいたいはずなのに、気付けば勝手に指が動いていた。

見たくもないのに、スマートフォンの画面を開く。見たくもないのに、ネットニュースを調べてしまう。

『斉浜市で女子大生が刺殺　逮捕の男「ルールを破った」』

そう見出しに書かれたネット記事のコメント欄には、二千を超える書き込みがあった。

『斉浜市中央公園前駅といえば以前にもツイッター上で猫の入った箱を男が蹴る動画が注目を集めていました。今回の犯人と同一人物かは分かりませんが、もしも同一人物であったなら、こうした事件を起こす前兆を警察は見逃したということでしょう。そしてもしも同一人物でなければ、また別の犯行が行われるかもしれません。捜査の進展を望みます。』

『殺されるほどの罪とは思わないけど、車道やら歩道やらで暴走する自転車って迷惑ですよねぇ。ここだと被害者が一方的に可哀想って言われてますけど、実際には被害者にも落ち度があったのかもしれませんし。加害者をひいて、それで喧嘩になったとか。ニュースを見てすぐ怒る方は、もう少し客観的な視点で情報を得た方がいいですよー。本当に被害者はただの可哀想な女の子なんですかねぇ。』

『二十一歳、娘と同い年です。おかしな相手に目をつけられたら、どうやって身を守ればいいのでしょうか。誰にでも人権があるというのは承知の上で、それでも言いたい。犯罪者予備軍は、全て隔離してしまえと。加害者に生きる権利がある一方で、被害者の女子大生にもその権利はあったのですよ。どうして他人の権利を脅かすような生き方が許されるのか。もしも私の娘が同じ目に遭わされたら、私は犯人を殺しに行くと思います。』

『いや、これは被害者も悪いでしょ。ルール破っちゃだめだよ。』

『ここのコメント欄にも犯罪者予備軍がいっぱい。テレビのニュースも、加害者側の主張ばっかり何回も報道してるしな。犯人は喜んでるだろ、人を殺したおかげで自分の主張が広まって。ネットにいる俺らもマスコミも、自分たちの言動がどういう影響を与えるか少しは考えるべきだ。真相究明とか偉そうなこと言っても、それで加害者の主張を広めるような真似してたら結局は模倣犯が増えるだけだと思う。』

『歩道を自転車で走ることにはそうしたリスクがあるということです。被害者を責めるつもりはないですが、自己責任でしょう。』

　連なる言葉たちが、里依紗を庇う内容だけでないことが信じられない。どうして、加害者の肩を持つ人間がいるんだろう。どうして、他人とは違う意見を持っていると殊更に主張したがる人間がいるんだろう。どうして、誰かの死を自己演出に利用しようとする人間がいるんだろう。どうして、どうして。握りしめた拳を振りかぶり、しかしそれは何も殴ることなく自身の膝へと着地した。

　そんなの、本当は分かっている。彼らにとって所詮は他人事だからだ。私だって、普段ならばこんな風にコメントを見て腹立たしいとは感じなかったはずだ。可哀想だなぁとニュースを眺めて、それでまた次のニュースを見る。そこには、想像力が欠如している。

　私は、何も分かっていなかった。本当に、何も。誰かの死を背負うだなんて、一人の人間にできることじゃないというのに。

震える指先が、スマートフォンの画面に触れる。ネット上では、犯人は私が撮影した動画に映っていた男ではないかと指摘する声が少なくなかった。だが、私の脳内には別の可能性が浮かんでいた。まさか、いや、そんな。膨らむ想像を、必死に否定する。お願いだ、そうでないと示してくれ。

ツイッターを開き、パブロフ康成のブロックを解除する。アカウントページを開くと、その投稿は昨日の夜を最後に途切れていた。

「ねえ、本当は私のせいなの？」

声が掠れる。最初から、里依紗だって言ってたじゃないか。動画に映っていた男とパブロフ康成は同一人物かもしれないと。男と康成の関係は分からない。ただ、同一人物であろうが別人であろうが、逮捕された男が康成である可能性はある。

私がブロックしたから、だから彼は暴れたのだろうか。私が拒絶したから。私のせいで里依紗は殺されてしまったのだろうか。私のせいで、私の——

「うああっ」

怒りとも後悔ともつかない感情の塊が、バチンと音を立てて弾けた。立ち上がり、地団太を踏み、カーテンを引きちぎる。カーテンの半分ほどの生地が、レールから外れ落ちた。それでも残りは上手く裂けなくて、悔しくて、私は再び叫んだ。近所迷惑だ、と常識が脳の片隅を過ぎる。でも、そんなものを気に掛けている余裕はなかった。悔しい。なんで、わけのわからない人間に里依紗を奪われなければならないのか。

死んでしまえ。そう、人生で初めて思った。誰かに殺意を抱いたことがないのは、私が優しい性格だからだとずっと信じてきた。けれど、違った。ここまで理不尽な目に遭ったことがなかったからだ。ただ、幸運な環境にいたからだ！

どうかこの世界からいなくなってくれ。どうして人を殺した人間が、今も息をしているんだ。里依紗はもういないのに。

ベッドへと目を向けると、視界に入る本の束。里依紗に渡すために紙袋に入れていた文庫本の一冊を、私は床へと叩きつけた。なんなんだ。本当に救いが欲しい時、本なんて何の役にも立たないじゃないか。

本は無力だ。そんなこと、私が一番思いたくなかった。本の力を信じていたかった。無残な姿になったカーテンを蹴飛ばし、布団へと突っ伏す。込み上げる嗚咽と呻きが、どうしても抑えられなかった。想像しなくても分かる、私なんかより里依紗の家族の方がずっとずっと悲しいに決まっている。彼らの心の内を考えるだけで、憎悪が身体中を駆け巡る。

ベッドを殴り、本を殴り、それでも気が済まなくて私は自身の太腿を強く叩いた。泣きじゃくり、ただひたすらに里依紗の名を繰り返した。狭い部屋で、ただ一人。そんなことをしたって何も変わらないことは分かっている。それでも、そうしなければ耐えられなかった。

涙が収まったのは、それからしばらく経ってからだった。人は怒り続けることは出来ない。そう知ったのも、これが初めてだった。痺れを纏った指で、ティッシュを抜き取る。盛大に鼻をかみ、目を拭い、私は悲惨な姿となった自分の部屋を見下ろした。後片づけは、今日はもういい。ぐったりとした身体で、私はスマートフォンに手を伸ばした。その画面端に、ツイッターの通知が出ていた。

息が止まった。

恐る恐る、私は画面へと触れる。ツイッターのアカウント画面。通知欄には、いつものようにパブロフ康成からの返信があった。

『返信先：@meiko19990405さん
おいメイコ、斉浜市中央公園前駅で人が刺されたんだってな。お前の動画のせいで誰かが暴れたんじゃないか？　なあ、偽善者。お前のせいで人が死んだ。お前は人殺しだよ』

その文言を見た瞬間、強烈な吐き気が私を襲った。濃縮した嫌悪感が全身から湧き立ち、私の思考を一瞬奪った。

遠のきそうになった意識を、舌を強く噛むことでこの場に留める。こんな奴、生きている価値があるのか？　喉元まで出かかった言葉を抑えたのは、辛うじて残った理性だった。

報道では、犯人は既に逮捕されたと言っていた。ここでツイートをしているということは、康成は犯人じゃない。彼は、ただの目障りなハエだ。誰かの死を利用してまでも他人の気を引こうとしている、可哀想なハエ。

里依紗との昨晩の会話を思い出す。殺虫剤を繰り返し使用すると、効かない虫が現れる。里依紗はそれを怪物と呼んだ。きっと、それと同じだ。

幾度となく繰り返される世界からの拒絶が、ハエを怪物にしてしまう。だとするなら、私たちは歯を食いしばってでも、ハエを救おうとしなければならない。

どれだけ攻撃され、不快な思いをさせられても、彼らがハエでいるうちは。

息を深く吐く。涙はもう出なかった。スマートフォンを電源ごと切り、床に落ちている本を拾い上げる。その表紙は、投げ捨てたせいでたくさんの傷が入っていた。

「ご飯だよ」とリビングから父親が私を呼ぶ声がする。帰宅した母親の話し声も扉の隙間から聞こえてくる。あまりにも普段通りの光景に、何故だか強烈な拒否感を覚えた。温かな日常が、私を待っている。——私だけを。

溢れそうになった感情を、唾と一緒に呑み込む。本を強く抱きしめ、私はこの荒れた部屋を後にした。

まりこさん

故郷の景色は、昔に比べて鮮やかさが増していた。

小さい頃に通っていた豆腐屋は大手のコンビニ店に変わっていたし、狭かったスーパーはリニューアルされて綺麗になった。ダサくて汚いと評判の悪かった町役場も建て替えられ、昔の面影はほとんど残っていない。

私がこの町を出たのは大学進学がきっかけだった。両親と不仲だったわけじゃないが、ただなんとなく、一生実家で暮らすことに違和感があった。だから東京の大学に行って、東京で就職活動をした。全国に支店がある企業の営業部に就職し、働き始めて六年。異動先が地元になり、三十歳を前にしてこの町に戻って来ることになった。

自分の生まれ育った町を特別好きだと思ったことはないけれど、嫌いだと思ったこともない。程よく田舎で、程よく満たされている。わざわざ声に出すほどの不満はなく、しかしながらずっとここにいることにはいささかの抵抗を覚える。

両親のこともそうだ。実家があるのにわざわざ二駅分離れた場所にある賃貸アパートで暮らしているのは、両親を嫌っているからではない。二年前から弟夫婦が両親と同居し始めたため、私の部屋も無くなったのだ。

義妹との仲は良好だが、それでも少し遠慮する。実家に滞在する時間は段々と短くなり、頻度も落ちた。実家に寄る度に母は「ゆみも良い人を見つけないとね」と私に釘を刺してくる。いつものお節介だとは分かっているが、それも足が遠のく原因なのかもしれない。恋人なんて、大学生の頃を最後にいない。

駅前に置かれたベンチに、私は浅く腰掛ける。赴任してきて一か月が経ち、新しい職場にもようやく慣れた。休日に出歩く余裕も出て来たが、今日は朝から町を歩き回ったせいで足が痛い。スニーカーが擦れて、くるぶし部分の肌が剝けている。見栄えを気にしてくるぶし丈の靴下を履いていたが、それが失敗だったかもしれない。

ポーチから絆創膏を取り出し、くるぶしに貼る。明日、パンプスを履く時にも痛むかもしれない。昔に比べて怪我の治りも遅くなった。小学生の時なんて、擦り傷を気にせず走り回っていたのに。そう考えて、ふと私はかつての友人のことを思い出した。

小学三年生の時、私には三十歳年上の友達がいた。まりこさんだ。

まりこさんは町内ではちょっとした有名人だった。古い一軒家に一人で住んでいて、猫をたくさん飼っている。家を囲む壁には蔦が這っていて、同級生の男子たちなんかは「化け猫屋敷」と呼んでいた。確かに、日没後に見るには少し不気味な外観だったけれど、それ以外はごく普通の民家だった。

まりこさんと私の両親は同級生だった。父も母もこの町の生まれで、同じ小学校に通い、同じ中学校に通っていた。両親が結婚したという事実を思い返す度に、小学生の私はちょっとドギマギした。だって、もしかしたらクラスメイトの男子と自分も結婚するかもしれないのだから。

「あの人にはあんまり関わらないようにしなさいね」

まりこさんの家の前を通る度に、母は小声で私に言った。私はこの台詞が大嫌いだった。だって、仲間はずれやいじめはいけないことだって学校で習った。まりこさんに少し変わったところがあるからといって、かつて同級生だった母がそんなことを言うのは間違っている。そう心の中で思っていた。

まりこさんと初めて会った日のことはよく覚えている。小雨が降っていて、塀は少しだけ湿っていた。その上にちょこんと乗ったキジトラ猫に目を奪われ、学校帰りの私は傘をさしたましばらくその場で立ち尽くしていた。

「猫が好きなの？」

そう尋ねたまりこさんは、私のお母さんよりも優しそうな見た目をしていた。ちょっとふっくらとした体形で、長い髪の毛を後ろに束ねている。リネンのシャツに、コットン生地のロングスカート。その腕の中には猫がいた。黒と白のハチワレ猫で、人懐っこい性格のようだった。

緊張していた私は、ただ無言で頷いた。するとまりこさんは腕の中の猫をこちらに見せて、

「桃太郎っていうの。そっちは浦島太郎」と猫を紹介してくれた。その名前のセンスが可笑（おか）しくて、私は思わず笑った。

「全部このおうちの猫なんですか」

「そうよ。今は四匹いるの。中にもいるんだけど、見ていく？」

「いいんですか？」

「勿論。猫好きの子は大歓迎よ」

まりこさんが家の引き戸を開けると、浦島太郎はそそくさと家の中に入っていった。知らない人の家に入っちゃいけないよと言われていたけれど、その時の私はまりこさんを知らない人だとは思わなかった。だって、お母さんとお父さんの同級生だから。

家の中は綺麗だった。内装がちょっとレトロで、おばあちゃんの家によく似ていた。まりこさんは私を居間に通し、グラスに入った麦茶を出してくれた。猫は人間が気になるのか、私の匂いをスンスンと積極的に嗅いでいた。

「貴方、お名前は？」

「篠宮由美です」

「ゆみちゃんね。お菓子は何が好き？　といっても、大したものはないけど」

「あ、別に大丈夫です。全然」

「遠慮しなくていいのよ。チョコレートでいいかな」

そう言って、まりこさんはチョコレートを小皿に出してくれた。個包装された溶けかけのチョコレートを頬張り、私は膝に乗ってきた猫を撫でた。もう一匹のハチワレ猫は金太郎という名前だった。

私は喋るのが得意じゃなくて、黙ってばかりだった。それでもまりこさんは気にした様子はなく、ゆっくりと時間が流れるのを楽しんでいるようだった。まりこさんと一緒にいる時間は居心地が良かった。同世代のクラスメイト達は子供っぽくて一緒にいると疲れることが多かったけれど、まりこさんといる時にはそんなことを感じずに済んだから。

家に一時間ほど入り浸った後、私はおずおずと「また来ても良いですか」と尋ねた。まりこさんは「勿論」と笑顔で頷いた。それからだ、私がまりこさんの家に週に二度のペースで通うようになったのは。

まりこさんの家に通うようになって、私はまりこさんのことをたくさん知った。十年前に仕事を辞めたこと。職場でひどいいじめに遭っていたこと。町内会の人と猫を巡って言い合いになったこと。悲しい気持ちを誰にも分かってもらえなくて辛いこと。

まりこさんは猫を腕に抱きながら、寂しそうに微笑んだ。

「強い人間にならなくちゃと思うんだけど、やっぱり難しいのよね。社会って、強い人に適切な形で出来上がってるから、そこからはみ出た人間は雑に扱われてしまう気がする」

「私も、学校はあんまり好きじゃない。なんか、息苦しいなぁって」

「ゆみちゃんも？　私も、子供の頃は学校が嫌いだったの。もし私が親だったら、子供に学校になんか行かなくていいよって言ってあげられるのにな。ただ元気でいてくれるだけで幸せに思ってるのよって」

「私のお母さんがまりこさんみたいな人だったら良かったのになぁ。そしたら毎日楽しいのに」

「そう？」

「私のお母さん、口うるさいし。宿題しないと怒るし。私、二年生の時に九九が出来なかったんだけど、できるようになるまでずーっと九九の勉強やらされたの」

「それはひどいわね。計算なんてできなくたって生きていけるのに」

「そうだよね。学校の勉強なんて、大人になったらちっとも役に立たないと思う」

唇を尖らせる私に、まりこさんは薄く笑った。伸ばした脚の上では、猫がちょこんと丸くなっている。どの猫も毛がふさふさしていて、撫でると温かい。まりこさんと一緒にいると、私は強い安心感を覚える。ずっとここにいたいなと思う。

「本当にそうよ。ゆみちゃんがただ生きてるだけで満足すべきって、お母さんは思うべきなのにね」

まりこさんが言葉を発する度に、この人は本当に良い人だなぁと思う。それと同時に、まりこさんみたいな良い人が大人に仲間外れにされていることがとても悔しいなぁと思う。猫を可愛がるまりこさんを見る度に、私はまりこさんが幸せになってくれることを願った。

こんなに優しい人が傷付かなければならない世界なんて、そんなのはきっと間違っている。


小学四年生になっても、私とまりこさんの交流は続いた。まりこさんの家に行っていることは親には秘密にしたままだった。だって、お母さんは私がまりこさんと仲良くするのが嫌だったみたいだから。

まりこさんの家の猫は四匹から六匹に増えた。怪我をしている野良猫を拾ったからだった。まりこさんは猫に対して人一倍真摯だった。この町には野生の猫が多いのだけれど、餓死する猫が出ないようにせっせと餌をあげていた。

「猫が捨てられてるとね、可哀想で見ていられなくなるの」

子猫に餌をやりながら、まりこさんは肩を竦めた。生後一か月の子猫は目を怪我していて正直に言うとあまり可愛くなかった。だけどまりこさんは可愛くない猫にも優しかった。

「まりこさんは小さい頃から猫が好きなの？」

「この町は昔から猫が多いから、気付いたらね」

「なんで多いんだろう」

「自然が多いからじゃない？　私は好きよ、猫の町って素敵でしょ」

ふふ、とまりこさんが笑みをこぼす。まりこさんが笑うと、目尻に大きく皺が寄る。ふっくらとした頬が上を向いて、正月にもらったポチ袋に描かれていた恵比寿様みたいな表情になる。私はその笑い方が好きだった。痩せている私のお母さんと違って、すごく優しそうに見える。

座布団から立ち上がり、窓を開ける。まりこさんの家の居間の窓は大きくて、そのまますぐに庭へと出られる構造になっている。庭は手入れされていなくて荒れ放題だったけれど、その雑然とした感じに私は惹かれた。整備された花壇より、ふかふかの雑草の山の方が私は綺麗だと思う。

「ねえ、学校の宿題やっていい？」

「なんの宿題？」

「図工の宿題。好きな風景を描けって」

「ゆみちゃん、ここのお庭好きなの？」

「うん、好き。トトロみたいだから」

『となりのトトロ』は、私が最も好きな映画だった。トトロが好きというよりは、作中に登場するネコバスが好きだ。あんなに大きな猫がいたらどれだけ素敵だろうと思う。ネコバスが私と友達になってくれたなら、きっと色んなところに遊びに行ける。この町じゃない、どこかにだって。

「気に入ってくれたなら嬉しい。私も、人が手を入れていないものの方が好きだから」

　まりこさんがふんわりと笑った。

　私は鞄からスケッチブックを取り出すと、床へと広げた。

　缶製のケースには二十四の色鉛筆が虹のように規則正しく並んでいた。一番左は深緑、その横が緑、次に薄い緑がきて、ようやく水色になる。名前は同じ緑でも、色は全く違って見える。私は左から二番目の緑の色鉛筆を手に取った。二十四本の中でこれが一番短いのは、私が好きだからではなくて、私の想像する平凡な緑に一番近い色だからだ。

　じっと目を凝らして、庭に溢れる緑を一つ一つ区別していく。スギナ、ハコベ、スズメノカタビラ、ホトケノザ。雑草の名前は小学一年生の時に生活学習の授業で習った。学校の裏庭に生えている草の名前を皆で手分けして調べるのだ。

　草の名前を知ってから、私は雑草の上を歩くことが苦手になった。踏みつける度に草の一本一本が悲鳴を上げている気がする。容易（たやす）く歩けたはずの道が、知識を得たことで気の休まらない道となった。それって良いことなんだろうか、それとも悪いことなのだろうか。勉強することは良いことだと先生は言っていたけれど、物事を知れば知るほど生きていくことが怖くなる。いつかどこかで、無自覚に、不用意に、自分が何かを傷付けてしまうんじゃないかって。

「私、ご飯の支度するからね」

そう言って、まりこさんは立ち上がった。隣の部屋へ向かうまりこさんの後を、二匹の猫が追いかける。残りの四匹は部屋に残り、普段通りぐうたらしていた。猫にも甘えたがりな奴とそうでない奴がいることを、私はこの家に来てから初めて知った。

まりこさんは私に遠慮しなかった。私がいても自分の夕食の支度をし、洗濯をし、家事をする。その雑な扱いが私は嬉しかった。大人はいつも私を子ども扱いするけれど、まりこさんは私を一人の人間として見てくれる。

画用紙に、一本の緑色の線を引く。色鉛筆の先端は柔らかく、画用紙を擦る度に緑色の粉が舞った。

絵を描くのは得意だ。三年生の時には夏休みの絵画コンクールで入選したこともある。その時の絵はお母さんが額縁に入れてリビングに飾ってくれた。ご褒美にケーキを買って来てくれた日のことを思い出し、私は思わず口元を緩めた。痺れ始めていた脚を伸ばし、絵を描きやすい体勢へと座り直す。

まりこさんの得意なことはなんなんだろう。猫を可愛がること？　料理を作ること？　大人には学校の授業もテストもないから、何が得意なのか見付けるのが難しそうだ。

気が付くと、緑色の鉛筆の先端がすっかり丸くなっていた。私は鉛筆削りの穴に色鉛筆の先端を突き刺し、ぐるぐると回転させる。刃によって削り取られたカスは、薄く薄く、扇状に広がっていく。微かに見える緑は押しつぶされて、紙の上に粉が散った。

先端が鋭くなるまで削ろうと私が色鉛筆を回す力を強くしたその時、「ピンポーン」とインターホンの音が鳴った。

台所の方を見る。手が離せないのか、まりこさんが出てくる気配はない。だったら私が出るべきだろうと自然と考えた。私が対応すれば、まりこさんもきっと助かる。いつもお邪魔させてもらっているのだから少しでも力になりたい。

私はスケッチブックを閉じると立ち上がった。猫が外へ出るといけないから、居間を出る際に後ろ手で扉を閉める。鍵を開けて玄関の引き戸を開くと、そこに立っていたのは五十代くらいの女の人だった。白髪交じりの黒髪を一つに束ね、お洒落なチュニックの下には細身のジーンズを穿いている。私はこの人を知っていた。お母さんと一緒の仕事場で働いている石田さんだ。

石田さんは私を見るなり、一瞬だけ固まった。頰に手を添え、「あら」と気まずそうな顔をしている。

「ゆみちゃん、どうしてここに？」

「えっと……遊びに来てて」

「お母さんはこのこと知ってるの？」

「あ、その、」

しどろもどろになった私に、石田さんは深々と溜息を吐いた。お母さんには秘密にしていることを察したのだろう。叱られるかもしれない、と私はTシャツの裾を握り締めた。

「急になんですか」

家の中から聞こえた声に、石田さんが私から視線を移す。振り返ると、エプロン姿のまりこさんが私のすぐそばにやって来ていた。薄いラベンダー色のエプロンからは濃い出汁（だし）の匂いがした。

「岡本（おかもと）さん、猫の件なんですけど」と石田さんは声を潜めた。ちらちらと私に注がれる視線のせいで居心地が悪かった。まりこさんは普段じゃ考えられないくらいに険しい表情をしていたが、私の不安を見抜いたのか、はたと我に返ったように微笑んだ。

「ゆみちゃんは中に戻って」

「私も聞きたい」

そう言ったのは、石田さんがまりこさんを責めようとする気配を感じていたからかもしれない。

石田さんは私とまりこさんの顔を交互に見たが、動こうとしない私を見て話を続けることにしたらしかった。背筋を正し、石田さんは真っ直ぐにまりこさんの顔を見る。

「前々から町内会が野良猫の捕獲器を設置していたのはご存知ですよね？」

「えぇ、それは勿論」

「捕獲器は踏板式なので呼び餌をセットしていたんですが、それが誰かの手によって意図的に持ち去られるという被害が相次いでいました。捕獲器も呼び餌も、町内会費で購入したにもかかわらず、です」

興奮のせいか、石田さんの語気が徐々に強まる。私は黙って話を聞きながら、捕獲器なんて猫が可哀想だなぁと思った。もし自分が同じ立場なら、猫が捕まらないように餌を盗（と）ってしまうかもしれない。

石田さんが眉端を吊り上げる。

「あまりにも被害が続くので先日防犯カメラをセットしたところ、岡本さんが呼び餌を取り除いているところが映っていました。今回はその件について、どういうつもりなのかお聞きしたくて」

言葉遣いは丁寧だが、石田さんの声はどこもかしこも刺々しかった。気が弱いまりこさんにこんな喋り方をしなくても、と私は少しムッとした。だが、当のまりこさんは動揺した素振りを見せず、ただ淡々と言葉を紡いだ。

「どういうつもりもなにも、私は私の正しいと思った振る舞いをしただけです」

「以前から糞尿被害や盛りの時期の鳴き声に対して、町内会に何度も苦情が来ていた話はしましたよね？」

「おっしゃってることは分かりますよ。でも、猫はただ生きてるだけで何も悪くないじゃないですか。悪いのは人間の方ですよ。捕獲器で捕まえて、去勢をするだなんて本当に信じられない。貴方、自分が同じことをされたらどう思うんですか？」

両腕を組み、まりこさんは冷ややかな眼差しで相手を見つめた。侮蔑の眼差しだった。

石田さんが一瞬だけ言葉を詰まらせ、だけどすぐに反論した。

「猫は猫です。大体、動物病院の先生も去勢手術を推奨されていましたよ。岡本さんが野良猫に軽率に餌をやるせいで、ここら一帯には多くの野良猫が住みついてしまっている」

「私のせいだって言うんですか？」

「少なくとも猫を捕獲する邪魔をしているのは間違いないですよね」

「だって猫が可哀想じゃないですか。猫だって生きているんです」

「そうやって可哀想な目に遭う猫を減らそうと、町内会は去勢してるんですよ。生まれる子猫を減らさなければ、いつまでも可哀想な猫が増え続けてしまうでしょう」

「そうやって貴方は罪のない猫の生を奪うんですね」

軋むような高い声がまりこさんの喉から漏れる。表情を変えずに後退りした石田さんとは対照的に、まりこさんは明らかに興奮していた。鼻息を荒くし、彼女は目の前の相手を睨みつける。

「あの罠のせいで傷付く猫を見て、何も感じないんですか？　雌猫が子宮をとられるところを想像したら、去勢がいかに恐ろしい行為か分かるでしょう。無理解な人間が大勢いることによって猫が苦しめられているんです。猫は何も悪くないというのに！」

フー、フー、と興奮する猫のようにまりこさんが呼吸を繰り返す。その拳は強く握られていた。

「私は何を言われても、ずっと猫の味方であり続けます。私が猫を守らなければ、貴方たちのようなひどい人間にどういう扱いを受けるか分かりませんから」

「そういうことではなく、そもそも去勢するのは猫の為で――」

「貴方より私の方が猫について詳しく知っていますから。私はいつも猫の為に動いているんです！」

石田さんは何度か反論を試みたが、その度にまりこさんが大きな声で遮った。小学生の私から見ると、まりこさんの方が優勢だと思った。相手の反論を許していないから。

二人のやりとりは数分続き、やがて石田さんの方が折れた。

「とにかく、野生の猫への餌付けはやめてください」という捨て台詞を吐き、石田さんは自分の家へと帰っていった。大人と大人が口論するのを見るのは初めてだった。

その場で立ち尽くす私の頭を撫で、まりこさんは深い溜息を吐いた。先ほどまで見開かれていた両目は、今は静かに細められている。

「疲れたね。中に戻ろう、ゆみちゃんも絵を描きたいでしょう」

「うん」

靴を脱ぎ、私とまりこさんは再び家の中に戻る。居間の扉を開けた瞬間、猫たちが一斉に二人の脚に纏わりついた。全ての猫が綺麗だと思った。まりこさんが愛情を持って育てている、人懐っこい猫たち。

「前にも言ったけど、この子達は全員野良猫だったのよ」

黒猫を抱き上げ、まりこさんはその頭を撫でた。まりこさんの家の猫はどれも右耳が微かに欠けている。さくらみみと呼ぶのだと、前にまりこさんに教えてもらった。

「このさくらみみはね、去勢をしたって証なの。猫の意思も確かめず、大人の人が勝手に去勢を済ませちゃったの。ここにいる猫たちは子を成せない。可哀想な猫なのよ」

「だからまりこさんが助けてるの？」

「そう。人間のせいで生き方を狂わされた猫がいるなら、それを助けるのも人間の役目なのかなって」

「まりこさんは良い人だね」

本心だった。石田さんと違って、まりこさんは優しい。猫のことをきちんと考えている。

私の言葉に、まりこさんは目を見開いた。腕の中の猫を抱き寄せ、彼女はふさふさとした頭に自身の頰を押し付ける。どこか自虐めいた口調で、まりこさんは静かに笑った。

「大人はね、良い人だと生き辛いのよ」


その後、宿題の絵を描き終えてから、私はいつものように帰宅した。「ただいまー」と普段通りに鍵を開けた私を出迎えたのは、リビングで仁王立ちするお母さんだった。

「ゆみ、友達の家に行くって言ってたわよね」

低い声だった。怒っているのを隠そうとして、だけど全く隠しきれていない声。私は鞄を抱きしめると、小さく頷いた。

「えっと……ちゃんと友達の家だよ」

「石田さんから電話があったわよ。岡本さんの家にお邪魔してたって」

やっぱりあの人か！　と私は心の中で悪態を吐いた。自分の頰に手を添え、お母さんは深々と溜息を吐く。

「あのね、前にも言ったでしょ？　あの人にはあんまり関わらないようにしなさいって」

「どうしてそんなこと言うの？　まりこさんは良い人だよ。お菓子もくれるし」

私の反論に「子供には優しいのよね」とお母さんは毒を含んだ声で呟く。人に優しくするのは良いことのはずなのに。

大人はいつもそうだ。前はこうしろと言ったのに、別の時にはそれはダメだと平気で言う。

「お母さんが心配するようなこと、何もないよ。まりこさんは優しいし」

「そもそも、向こうにも迷惑かけてるだろうし。ゆみも学校の友達と遊ぶ方がいいでしょう？」

「学校の子達は別に仲良くしたいと思わないな、子供っぽいんだもん」

「子供っぽいって……ゆみも子供でしょう」

ふふ、と母親が吐息のような笑みをこぼした。噴き出したわけではなく、呆れから出た乾いた笑いだった。

「お母さんだって、いつも友達とは仲良くしなさいって言うじゃん。大人の人と友達になっちゃだめなの？」

「大人の友達を作ることがダメなんじゃないの。でもね、あの人は……うーん、なんて言ったらいいのか」

「お母さんはまりこさんのことが嫌いなんでしょ？　分かってるんだから」

私が嫌いな人参を皿の隅に寄せるのと同じように、お母さんは自分の人生からまりこさんを排除しようとしている。学校で嫌いな子とも仲良くするのよって言うくせに、お母さん自身は嫌いな相手と絶対に仲良くしたりしない。

唇を尖らせた私の頭に、お母さんは軽く手を置いた。食器用洗剤の匂いが染み付いた手で、彼女は柔らかく私の髪を掻き混ぜる。

「お母さんが嫌ってるというより、岡本さんは付き合うのが難しい人なのよ」

「そんなことないよ」

「ゆみはそう思うのかもしれないけど、それは子供と大人だからよ。大人と大人だと、あの人と関わるのは難しいの。岡本さんが優しいのはゆみが子供だからよ」

お母さんの言葉が、ストンと私の心に切り目を入れた。豆腐に包丁を入れた時のような滑らかな切り口。私は唇を軽く噛む。

「ごめんね、ゆみに怒ってるわけじゃないのよ。でも、もうあの家には行かないで欲しいの」

「どうしても？」

「……ゆみだって感じなかった？　今日、岡本さんが石田さんと話してるところを聞いてたんでしょ？　少し怖いところがなかった？」

「怖いとは思わなかったよ」

むしろ、まりこさんは凄いなと思った。相手を言い負かしていたから。

「ねえ、お母さん。どうして石田さんは猫の子供を産めなくしたいの？　猫が可哀想じゃない？」

「野良猫の去勢は、猫の為でもあるのよ。猫がたくさん増え続けると、餌も足りなくなるし、猫同士で縄張り争いが過激化したり、子猫が他の動物に襲われたりする。野生で生きる猫は家で飼っている猫とは事情が違うのよ、人間がコントロールすることは難しいの。だけど去勢なら緩やかに野良猫の数を減らせるでしょ？」

「それが良いことなの？」

「そうよ。ゆみも想像してみて。生まれてすぐ、怖い動物や車に襲われて死んでしまう子猫たちの姿を。そんな風に悲しい思いをさせるくらいなら、はじめから生まれない方が猫の為だと思わない？」

「私も？」

素直な疑問だったのだが、お母さんがぎょっとした顔で一瞬固まった。半端に開いた唇を閉じ、彼女は自身の顎を指で擦る。今、色々と考えているんだろうなと一目で分かる仕草だった。

「私もっていうのは、どういう意味？」

「猫がそうなら、人間も同じかなって」

「人間は野生で生きないでしょう。野良人間なんて聞いたことある？」

「それはないけど」

「ね？　人間と動物を一緒にしちゃだめよ。そんなことを言い出したら、今日の晩御飯の豚肉を食べられなくなっちゃうでしょう」

納得できるような、できないような。眉間に皺を寄せた私の鼻先を、母親は親指と人さし指で軽く摘まんだ。「もう」と私は頬を膨らませる。

「子供扱いしないでよ」

「でも、ゆみはまだ子供よ。お母さんの言うこと、本当に聞けない？」

じっと見つめられ、私は俯いた。お母さんが私のことを思って言ってくれているのは伝わってきた。お母さんのことはたまにちょっとムカつくけれど、それでもまりこさんとお母さんを比べたらお母さんの方が好きだ。まりこさんは友達だけど、お母さんは家族だから。

「……分かった」

頷いた私を見て、お母さんはにこりと笑った。

「いい子ね」

掛けられた台詞は誉め言葉なはずなのに、心の奥からじりじりと焦げ臭さが込みあげて来るようだった。その感情が悲しさと諦めが混ざったものだと気付いたのは、私がもっと大人になってからだった。


まりこさんの家に行ったのは、その翌日が最後だった。小学生だった私は母親に菓子折りを持たされ、まりこさんの家に行った。母親に言われた通りにお礼を告げ、明日からは遊びに来られないという旨を伝えた。まりこさんは始終穏やかで、私はずっと泣いていた。

「もしもゆみちゃんがまた遊びに来たくなったらいつでも来てね」とまりこさんは最後に言ってくれた。私は何度も頷いた。しかし、結局その後、私がまりこさんの家に行くことはなかった。それは中学校、高校と年を重ねるにつれて私に同世代の友達が増えたことが理由かもしれないし、もしくはまりこさんに対する後ろめたさが心のどこかにあったせいかもしれない。

あの時、私は母親とまりこさんを天秤にかけ、そして自分の意思で前者を選んだ。小学生の頃の私と大人になった私は全く違う存在のようでいて、だけど根幹は全く変わらない。子供の頃の私は年を重ねれば勝手に大人になっていくのだと思っていたけれど、この年になると流石にそれが幻想であることぐらい分かっている。皆、子供の前では大人らしい振る舞いをしてくれていただけなのだ。

サンタクロースは存在するし、努力すれば夢は叶うし、結婚は愛し合う二人がするものだし、大人は皆しっかりしている。そういう、守るべき幻想というものがこの世にはごまんとある。ベンチに座ったまま、私は大きく伸びをする。靴擦れのせいで生まれた痛みも休んだおかげで徐々に和らいでいた。

三十歳に近付いた今の私の交友関係に、母親が口出しすることはない。母親は私が誰と親しいかなんて知らないし、私もわざわざ報告したりしない。

――大人と大人だと、あの人と関わるのは難しいの。

そう、母親は幼い私に言った。だけどそれが本当だったのか、今でも私は分からない。大人とではなく母親とまりこさんの相性が悪かっただけなのかもしれない。

今の私とは全く違う生き方をしているまりこさん。彼女はあの家で一人、猫に囲まれて穏やかに暮らしていた。東京で擦り減り続けた私は、その生き方に少しだけ惹かれていた。

立ち上がり、ショルダーバッグを肩に掛ける。まりこさんの家に行ってみよう。そう思ったのは気紛れのような気もしたし、今朝目を覚ました瞬間からそうしようと決めていたような気もした。行ってみたいと行きたくないが胸の中で真っ向からぶつかり、パラパラと音を立てて砕け散る。破片となった本音の残骸から目を逸らし、私はすっかり変わってしまった自分の生まれ故郷を歩き始めた。

小学校に至るまでの通学路も、昔とは様変わりしていた。近所のおばあちゃんが経営していた煙草屋はコインランドリーに、家族でよく行ったレストランは焼き肉屋に変わっていた。ガタガタだった道路は綺麗に手入れされ、汚れているせいで誰も触りたがらなかった押しボタン式の横断歩道からは機械が撤去されていた。

　そんな中、まりこさんの家だけは記憶の中の姿とほとんど変わっていなかった。家を取り囲む塀の表面はやや苔生し、外観も少し色褪せたけれど、逆に言えば違いはそれだけだった。

「にゃーん」と甘えるような鳴き声に顔を上げると、塀の上を数匹の猫が伝い歩いている。その内の一匹が塀から飛び降り、私の前で腹を見せて寝転がった。私を全く恐れない、人慣れした猫だった。その顎の下に指を入れ、軽く撫でてやる。小柄な体軀からしても、産まれてから一年も経っていないのだろう。複数の母猫が出産したのか、塀や庭を行き交う猫たちは柄も大きさもバラバラだった。

「猫がお好きなんですか？」

　背後から掛けられた声に、私はゆっくりと首を捻った。スーパーの袋を片手にこちらを見るまりこさんは、二十年前よりもずっと年を取っていた。豊かな黒髪は半分ほど白髪になっていたし、目尻の皺は深くなった。それでも昔と変わらない形をしたリネンシャツや化粧っけのない穏やかな顔が、まりこさんをまりこさんたらしめていた。

「あの、お久しぶりです。私です。昔この家に遊びに来てた、篠宮由美です」

　その言葉に、まりこさんは目を丸くした。口元に手を添え、「あら」と彼女は呟いた。「あらあら」と弾むような声が彼女の唇から続き漏れる。

「懐かしいわねぇ、ゆみちゃん？　随分と大人になって」

「東京で就職したんですけど、最近こっちに戻ってきたんです」

「わざわざ会いに来てくれて嬉しいわ。上がっていって、ちょっと散らかってるけど」

手に手をかける。

「いいんですか？」

「いいのいいの。お客さんは久しぶり」

まりこさんはそう言って、先導するように玄関へと向かった。鍵を差し込み、引き戸の取っ手に手をかける。

玄関の戸を開けた瞬間、むわっと獣特有の臭いが鼻腔へ押し寄せた。まりこさんの帰りを待ち侘びた猫たちが一斉に玄関へ顔を出す。その数は軽く十を超えている。それらの猫の全ての耳が欠けていた。

「今は何匹くらいいるんです？」

「二十二匹よ、去勢された猫を保護してるの。ゆみちゃんが可愛がってくれた桃太郎たちは天国に行っちゃったんだけどね」

まりこさんを追いかけていた二匹の猫は家の中にまではついてこなかった。どうやら室内飼いなのは去勢済みの猫だけらしい。

「外にいた猫は飼ってるんですか？」

「あの子達には餌をやってるだけ。懐いてくれてる子も多くてね」

玄関から家へ入ると、臭いはますます強くなった。その臭いの発生源は大量に並べられた猫用のトイレらしかった。これだけの数だ、排泄物の処理も大変だろう。何匹かはトイレ以外にも排泄しているらしく、廊下に転がるブランケットには尿特有の刺激臭が染み付いていた。

私は出来るだけ鼻で呼吸をしないように意識しながら、小柄なまりこさんの背中を追い掛けた。猫が増えたという点を除いては、この家に大きな変化はなかった。家具も調度品も記憶通りだったし、居間の窓から見える光景もほとんど同じだった。

「お茶を入れるわ、待ってて」

指示に従い、座布団へと腰を下ろす。棚には亡くなったのだろう猫の写真がずらりと並べられている。その中には記憶にあったハチワレ猫の姿もあった。

正座だった足をこっそりと崩す。来客が珍しいのか、何匹かの猫は遠くからこちらの様子を窺っている。人懐っこい性格の一匹が寄って来て、私の前でごろりと腹を出して寝転んだ。その背中を撫でると、ぐるぐると心地よさそうな音が猫の喉奥から聞こえて来た。

「チョコレート、好きだったでしょう」

キッチンから戻ってきたまりこさんが木製のトレイからローテーブルへと移したのは、個包装されたチョコレートだった。表面に音符マークが刻まれている。小学生の頃によく食べていたお菓子だ。

「懐かしいですね」と私は笑いながらそれを受け取る。透明なグラスに入っているのは麦茶だった。

「昔はゆみちゃんみたいに家に遊びに来てくれる子もちらほらいたんだけどね。最近は全くよ。まぁ、物騒なご時世だもの。知らない人の家に子供が遊びに行ったら親が心配するんでしょう」

そう言いながら、まりこさんは座椅子の上に腰を下ろした。メッシュ素材で、腰の部分にクッションが取り付けられている。猫が何度も引っ掻いたのだろう、その表面は毛羽立っていた。

「それにしても、随分と猫が増えましたね」

「賑やかになったでしょ。そうそう、この前も子猫が産まれてね。町内会の人達ってひどいのよ、野良猫はみんな捕まえて去勢しちゃう。どんなに小さくてもね」

「去勢を続けているなら、町全体の猫の数は減ったんじゃないですか？」

「随分少なくなったわ。本当、人間って傲慢よね」

返ってきた反応の鋭さに、私は息を呑んだ。大人になった私は、猫の去勢手術がどういう役割を果たしているかを知っている。まりこさんの言葉を全面的に肯定できるほどの無邪気さは既に無く、だけど自分の知識を基準に相手を否定するほど子供でもない。

「このままこの町の猫が絶滅したらどうするのかしらね」

「絶滅ですか」

「可能性はあるでしょう？　去勢ってそういうことよ」

「野良猫は野生生物ではないですし、まぁ、どうですかね。難しい問題だとは思いますけど」

「猫に罪はないでしょう？　人間の理論に振り回されるなんて可哀想よ」

まりこさんの主張はちっとも変わっていなくて、私は苦笑した。

「あ、そういえば」とまりこさんが腰を上げる。そのまま説明も無しに別の部屋へと移動していった彼女は、一分と経たないうちに居間へと戻ってきた。その手には小さな子猫が収まっている。

「生後二か月なの、最近産まれた子で」とまりこさんは猫を抱えたまま言った。子猫は控えめな抵抗を見せていたが、やがて諦めたのか、途中で足掻くのをやめて力を抜いた。愛らしい見た目の、茶色いキジトラだった。

「町内の人が勝手に去勢を済ませて……。可哀想でしょう、こんな子猫に手術だなんて。家で保護できたのは兄弟猫三匹だったんだけど」

「三匹とも家に？」

「そう。だけど流石にこれ以上数が増えるのはどうかと思って。もし良かったら、ゆみちゃんが引き取ってくれない？」

「へ？」

「ゆみちゃんが飼ってくれるなら安心できるもの。昔からしっかり者だったし」

まりこさんの腕の中で、ふにゃふにゃの猫が小さく鳴く。

じっと子猫を見つめ、ゆっくりと瞬(まばた)きする。すると子猫もまた薄い瞼を上下させた。うるうるとした黒い瞳が私の顔を映し出す。「にゃ」と子猫はもう一度鳴いた。小さな口の隙間から木苺のような赤が覗く。手でぎゅっと挟んだだけで呆気なく潰れてしまいそうな、脆(もろ)くて小さな命の塊。

「可愛い」

「そうでしょう？　ゆみちゃん、昔から猫が好きだものね」

「好きなんですけど。でも……」

今住んでいる賃貸アパートはペット禁止だ。引き取る場合は引っ越す必要がある。

言い淀む私を、まりこさんが不思議そうに眺めている。断るべきだ、と脳味噌の内側で冷静な自分が唸(うな)った。だが過去の感傷に浸る自分が、引き取ってあげようと善人面(づら)して言い放った。――だって、まりこさんが可哀想だもの。

猫は確かに可愛いが、生き物を飼うことは煩わしさの連続でもある。断った方が絶対にいい。だけどもしも私が断ったら、まりこさんにはきっと他に頼る当てがない。ひとりぼっちで生きているまりこさん。その力に、少しでもなれたなら。

伏せていた顔を上げ、私はまりこさんに微笑みかけた。足首に出来た靴擦れがジクリと痛んだ。

「いえ、引き取ります。ただ時間が掛かるので待ってもらっても良いですか？」

「待つってどれくらい？」

その問い掛けに、私は一瞬返事に詰まった。多分、まりこさんは私が今からペット可の引っ越し先を探そうとしているだなんて想像もしていないのだろう。まりこさんの負担になりたくないから、私としてもその事実を知られない方がいい。

「三か月くらい」

「そんなに？」

「ちょっとあの、身体が大きくならないと飼うのも心配なので」

「ゆみちゃんがそう言うなら仕方ないわね。三匹いるんだけどどの子がいい？」

「この子でいいです、せっかくの縁ですから」

「あら、そう。良かったね、芳一（ほういち）」

まりこさんはそう言って、子猫の耳を柔らかく撫でた。もしかしなくても、耳なし芳一からとった名前だろうか。少しだけ欠けた子猫の耳を見下ろし、私はその額を軽く撫でた。子猫は目を細め、気持ち良さそうに喉を鳴らす。随分と人慣れした猫だ、まりこさんが大事に育てているのが伝わってくる。

「これからも遠慮せず遊びに来てね」とまりこさんは私に言った。きっと同世代の友達もいないのだろう。私が訪問することで彼女の寂しさを少しでも紛らわせられるなら、それはとても嬉しいことだ。

　帰り際、足元にじゃれついてくる猫をうっかり蹴飛ばしてしまわないように細心の注意を払いながら、私はまりこさんに別れを告げた。「また来ますね」と口にした言葉が、誠実な響きを持ってくれたらいいと思った。


　その日から、私とまりこさんの約二十年ぶりの友人関係が再開した。週に一度、一時間ほどまりこさんの家にお邪魔し、茶菓子を食べながら談笑する。この時間は私にとって特別だった。多くのものが変わってしまったこの町で、この家だけが変わらずに私を迎え入れてくれる。ここには、間違いなく私の居場所があった。

　私は猫を撫でながらまりこさんの話を聞き、彼女の二十年間に思いを馳せた。

　まりこさんは一日の大半を家で過ごす。外出は食材や日用品を買いに行く時ぐらいで、遠出は滅多にしない。元々この家で夫と共に暮らしていたが、二十五年前に亡くなったのだそうだ。その遺族年金と貯金をやりくりして、今は細々と暮らしている。

「ずっと実家で暮らして、町から出たことがないのよ。夫の両親も私の両親も天国に行っちゃったし、子供もいないから、一人で自由気ままな暮らしね。墓の管理は私がしてたんだけど、疲れちゃって墓じまいしたの」

まりこさんの話に相槌を打ちながら、私は居間から窓の向こう側の景色を眺めた。

雨で濡れた庭はしっとりと光り輝いている。濃さの違う緑が絡み合い、風が吹く度に静かに波打つ。伸びる草花は野晒しにされたベンチを呑み込み、その脚を覆い尽くしていた。緑の塊の中にぽつぽつと赤い花弁が紛れている。

「あの奥に、天国に行った猫たちを埋めてるの。今こうして生えてる草花も、自然に還った猫たちを栄養にして命のサイクルを繰り返してるのよ」

「火葬したりはしないんですか？　ほら、今だとペットの火葬やお墓も多いじゃないですか」

「うーん、私自身があんまり好きじゃないの、火葬は。自分が死んだら土葬にして欲しいくらい。日本だと難しいだろうけど」

どういう反応をしていいか分からず、私は軽く目を伏せた。死後の話というのは年上相手だと少し抵抗がある。生きている時にするのは失礼だろうかと不安になり、しかし死後では絶対に話せない。

「もしもまりこさんの身に何かあったら、猫たちが心配ですね」

私の言葉に、まりこさんは一瞬だけ目に力を込めた。黒い瞳がキョロリと動き、何か言いたげにこちらを捉える。

「そうね。だからこそ私は長生きしなくちゃ。この子達を守らないといけないから」

すり寄る子猫の頭を撫で、まりこさんは静かに笑った。その身体の輪郭を縁取るモスグリーンのチュニックにはところどころ毛玉が付着している。七分丈のレギンスの裾から剝き出しになった脹脛は、うっすらと毛で覆われていた。

　私が子猫の芳一を引き取ってと頼まれてから、かれこれ三週間が経つ。生まれたての子猫の成長は目まぐるしく、最初に見た時よりも芳一はかなり大きくなっていた。私が名前を呼ぶと、芳一は一瞬だけこちらを向いた。しかしすぐさま兄弟猫たちにじゃれつかれ、猫同士の遊びに夢中になっていた。

「ゆみちゃん、そろそろ芳一を引き取れそう？」

「あの、もう少し待ってください。色々と猫を飼うための準備が必要なので」

「猫を飼うのに大層な準備なんて必要ないわよ。愛情さえあれば」

「それはまりこさんだからですよ」

　口に出してから、皮肉にとられないかと少し不安になった。だが、私の心配を他所に「そうかしら」とまりこさんは満更でもない面付きで自身の頰を擦っている。

「私はただ、自分が一人だと寂しいから猫と暮らしてるだけだけどね。人間よりも猫の方が相性が良いの。喧嘩もしないし。どこにいたって私、嫌われちゃうから」

「そうですかね」

「人間関係が苦手なの。人のいない所にこっそり住みたいけど、そんなお金もないし。猫のことだって、本当はもっとこの子達を幸せにしてあげたいと思ってる。でもね、自分にできることしかできないの、私は。今以上に何かを抱えることは難しいのよ」

　まりこさんは芳一の耳をそっと撫でた。柔らかな皮膚が軽くひしゃげ、まりこさんが指を離すとピンと元に戻る。

　もしかすると、まりこさんにとって芳一の引き取りは一刻一秒を争う重要な問題だったのだろうか。久しぶりに会った私に猫の引き取りを頼んだくらいだ、よっぽど困窮していたに違いない。

「すみません」

無意識の内に零れた謝罪に、まりこさんは首を傾げた。

「何か謝ることがあった？」

「いいえ、芳一の引き取りが遅くなってしまっているので」

「いいのよ。私も、芳一と一緒にいられて嬉しいから。お別れがついつい名残惜しくなっちゃうのよね」

ふふ、と小さく笑いながらまりこさんは芳一の背中を指で辿る。渦巻き模様を描く茶色と橙色の毛を、まりこさんの指が静かに逆立てる。芳一は尻尾を激しく揺らし、まりこさんの膝へと飛びついた。

「そういえばゆみちゃんは結婚とか考えないの？」

「結婚どころか、彼氏もいないですよ」

「じゃあ人生、退屈なんじゃない？」

「そんなことないですよ。基本的に平日は会社で仕事してますし、退屈って思う暇はあんまりないかな」

「そう。お仕事、大変なのね」

猫にじゃれつかせていた手を下ろし、まりこさんは私から顔を逸らした。透明な窓ガラスに隔てられた庭を眺め、彼女はぽつりと言葉を漏らす。

「寂しいかもね。家でひとりぼっちで過ごすのは」

地面を叩く雨の勢いが、不意に強まる。ザアザアと響く雨音はここにいる限りどこか他人事な響きをしていた。

「寂しくないですよ」

ガラスの上を水滴が稲妻のように這っている。それをぼんやりと目で追っていた私は、自分の口が勝手に返事をしていたことに驚いた。語尾に強情さが滲んだのは、寂しいという言葉に最近敏感になっているせいかもしれない。

東京から地元に戻って来ると、多くの友人たちが結婚していた。生涯未婚率が二十パーセント近い時代に未婚であることを引け目に感じるなんて馬鹿らしいと思っている、頭では。それでもこの町に帰って来て、将来の二文字が私の頭の中にこびりついて離れない。

仕事だって充実している。楽しむ趣味だってそこそこある。恋人がいなくても日々は穏やかなのに、ふとした瞬間に心に隙間風が吹き込む。東京だとそんなことは感じなかった。他人で構成された都市は、私が一人でいることに寛容だったから。アパートで隣の部屋に住んでいる相手の顔も知らなかったし、近所に住む誰かの噂話を聞くこともなかった。

だが、この町では違う。スーパーのレジで地元の友人と出くわしたり、歩いているだけで同級生に声を掛けられたりする。彼女達が連れている子供だって既に大きい。自分の遺伝子をこの世に残したいだなんてちっとも思っていないのに、ママと子供から呼ばれている同級生を見ると自然と口の中が苦くなる。

「別に私は、結婚しなくても生きていけますから」

言葉を重ねた私に、まりこさんは瞠目した。その眉尻がゆっくりと下がり、苦笑に近い表情になる。目尻に寄った皺に深い影が落ちていた。

「そうね」

まりこさんの相槌は、吐息と混じって曖昧だった。外では今も尚、雨が降り続けている。

二十二匹の猫が住むこの家で、まりこさんは寂しさを感じることがあるのだろうか。不意に浮かんだ疑問を、私が口に出すことはなかった。

帰宅する頃にはジーンズの裾がじっとりと湿りを含んでいた。304号室と書かれた表札にはそれ以外の情報を見出せない。ワンルームタイプの賃貸アパートは、最寄り駅まで徒歩十分で家賃が五万円だった。東京に住んでいた頃は同じような間取りでも八万円の住居に住んでいたから、差額の三万円が浮いたことになる。

鍵を開け、私はドアノブを捻る。私を出迎えるのは闇だけで、そこに生き物の気配はない。スイッチを入れると室内が一気に明るくなる。室内を構成する家具は、東京で暮らしていた頃から何も変わらない。

身体をすっぽりと埋めることができるビーズクッションを背もたれにして、私はカーペットの上に座り込んだ。鞄の中には物件情報の書かれた紙の束が入っている。今日、まりこさんの家に行った後に不動産屋でもらったのだった。いくつか目星をつけ、内見の予約も入れて来た。

引っ越しは、正直に言うと痛い出費だった。平社員の貯金なんてたかが知れている。私は海外旅行にも行かないし、ブランドバッグだって買わない。それでも、生きているだけで金は減る。将来の為に、なんて漠然とした理由で行っている貯金はようやく三桁万円に届いたところだった。だが、それも今回の引っ越し代でまた二桁に逆戻りだ。

だらりと投げ出した腕が、カーペットの上に転がっている。そこに髪の毛が散らばっているのを見て、掃除をしなければと思う。ただ普通に生きているだけで髪は抜け落ち、風呂にはカビが発生し、鍋の底は焦げ付く。自分が産み落とした汚れを自分で消し続ける生活だ。誰にも責められないから気楽で、たまに虚しい。

もしもこの狭い空間に猫がいたならば。自分以外の生き物が、意思を持って勝手気ままに動いてくれたならば。そしたら、毎日が今よりも少しだけ良くなるかもしれない。

ピコン、とローテーブルの上でスマホが鳴った。体勢はほぼ変えぬまま、右腕だけを伸ばしてそれを引き寄せる。見ると、小学校時代の友人からメッセージが届いていた。

『急な報告なんだけど、結婚しました！　式の招待状を送りたいから住所を教えてもらってもいい？』

目にした瞬間、私はスマホの画面を裏返しにしてローテーブルに置いた。

またか、と思う。今年に入り、結婚した友人は四人目だった。一度のご祝儀で三万円、さらにはヘアメイクやドレスなどの支出もある。また金が減る、と思わず舌打ちしそうになり、そんな自分が嫌になる。素直に祝いたい気持ちはあるのに、心のどこかで引っ掛かる。狭量な自分が惨めだった。

まりこさんの頼みを引き受けたのは、そんな自分の存在意義を見出したかったからかもしれない。勿論、猫は好きだし、猫のことは助けたい。だけどそれだけじゃなく、私は感謝されたかった。誰でもいいから、貴方のおかげで助かったと笑顔を見せて欲しかった。

ひっくり返して置いたスマホを、私は再び手に取る。時間を空けたことで、苛立ちは既に鎮まっていた。メッセージを改めて読み返すと、今度は純粋な祝福の気持ちが湧いてくる。

小学生の時、この子とは修学旅行で同じ部屋に泊まった。好きな人の話をしたり、一緒に遊園地に遊びに行ったりした。素直で優しい子だったから、きっと素敵な人と結婚したのだろう。良かった、ちゃんとおめでとうと思える。

誰かの不幸を望むような人間にはなりたくない。幸せになった友達を、ちゃんと喜べる人間でありたい。

『おめでとう！』と文字を打ち込みながら、私はここに猫がいる光景を想像する。温かな体温が私の頬をくすぐり、強張りがちな心臓を優しく溶かしてくれる。

送信ボタンを押すと、メッセージはあっという間に相手へ届いた。相手の目に映る自分が幸せそうに見えますようにと願いながら、私は静かに目を閉じた。


引っ越しに必要な手続きは一か月ほどで全て済んだ。この町に越してきて二か月だというのに、もう引っ越しするのかと大家には驚かれた。「私も引っ越すつもりはなかったんですけどね」と笑いながら、書類などをまとめて受け取った。不動産屋と話をつけ、引っ越し業者と相談して引っ越し日も決めた。こんなことなら最初から段ボールから荷物を出さなきゃ良かったと思いながら、仕事から帰っては荷造りを進めた。

新しい住処(すみか)は前の家よりも少しだけ古く、少しだけ広かった。敷金礼金が掛からず、さらに家賃も前とほぼ同額だった。ペット可という条件のせいか、猫や犬を飼っている住民が多いらしかった。

猫を引き取る前に、猫用のトイレやケージも用意した。猫は高さのあるところが必要だと言うから、キャットタワーも買った。まりこさんには三か月待って欲しいと伝えていたが、結局それよりも早く猫を飼える環境が整った。いつでも引き取れますよ。そう告げる日が待ち遠しくて仕方なかった。

土曜日の午後、私は普段のようにまりこさんの家にお邪魔し、普段のように居間に通された。私は獣の臭いが染み付いた座布団の上で、ソワソワと何度も居住まいを正した。まりこさんの力になれることが嬉しくて仕方がなかったというのもある。妄想の中で、私はまりこさんとのやり取りを何度も繰り返した。

「今までお待たせしてすみません、もっと早く引き取れたら良かったんですけど」そう私が言ったら、きっとまりこさんは「気にしなくていいのに」と答えてくれる。「本当にありがとう。ゆみちゃんは頼りになるわね」と笑ってくれる。想像の中のまりこさんはいつも幸せそうに笑っていて、そんな彼女の力になれて私も嬉しくなる。

ローテーブルに置かれた麦茶を飲み干し、私はまりこさんに向き合う。満点を取ったテストを親に見せる直前のように、誇らしさと嬉しさで胸がいっぱいだった。だけど私はもう大人なので、下手（したて）にでる慎ましさを持ち合わせていた。

「あの、芳一の引き取りなんですけど、すみませんお待たせしちゃって」

――ようやく引き取れる準備が整いました。そう続けようとした言葉は、まりこさんのあっけらかんとした声音に遮られた。

「あぁ、それなんだけどね、やっぱり芳一は家でこのまま飼おうかと思って」

「え？」

一瞬、頭の中が真っ白になった。自身の唇が震えたのを、他人事のように感じていた。想像と違う、なんて漏れそうになった本音を呑み込む。

まりこさんは膝に乗ってきた芳一の頭を撫でながら、少し困ったように微笑んだ。

「ほら、ゆみちゃん前に言ってたでしょう？　平日は仕事で家を空けてるって」

「あぁ、それは……」

「家で一匹だけでお留守番だなんて、芳一がきっと寂しがると思うの。そんなところで飼われるなんて、可哀想でしょう？」

そんなところ、と私は突き付けられた言葉を繰り返した。私の家は、そんなところ呼ばわりされるような場所なのか。そこまで考えて、私は気付いた。――寂しいかもね。家でひとりぼっちで過ごすのは。

あの時のまりこさんの寂しいという言葉の矛先は、私ではなく猫に向けられたものだったのだ。私が勝手に勘違いをして、まりこさんはそれを訂正しなかっただけ。

「芳一は生まれてからずっと他の兄弟猫と一緒だし、それを引き離すのもどうかしらと思っちゃって。芳一を可哀想な目に遭わせたくないし、そう考えたらここで一生暮らすのが芳一にとって幸せかなと思ったの」

「私の家に来たら芳一が幸せになれないってことですか？」

「そうは言ってないけど、やっぱり芳一のことを考えたらこのままが一番じゃないかって。ゆみちゃんはまだ若いし仕事もしてるし、私みたいにずっと猫と一緒にいるなんてこともできないでしょ？　それに今は相手がいなくても、もし今後ゆみちゃんが結婚するってなった時に相手が猫嫌いの人の可能性もありえるし……」

それを聞いた瞬間、どっと無力感に襲われた。なんで今更。そんなこと、最初から分かっていただろうに。そう言ってやりたい気もしたが、私の舌は縺(もつ)れたように動かなかった。

「芳一のことを考えたら、そんな無理をさせられないと思うの。だからね、これからもここで飼うのが一番じゃないかって。ゆみちゃんに任せるのはちょっと、ね」

「まりこさんがそう言うなら、それでいいですけど」

告げた言葉は間違いなく本心だった。だが、それと不満がないかは別の問題だ。仕事の合間を縫って進めた引っ越しの手続き、引っ越しに掛かる費用、面倒だった荷造り。それらが全て、まりこさんの気紛れで無駄になる。

「こっちも、まりこさんの為に色々と準備してたんですけどね」

反射的に吐いた嫌味に、相手を傷付けてやろうなんて意思は毛頭なかった。ただ、まりこさんの為に私がどの程度の手間をかけたのか、ほんの少しでも知って欲しいと思った。謝罪でも感謝でもどちらでもいい。自分の要求がどれほど私を振り回したのか、少しは考えて欲しいと思った。

集まって遊ぶ猫たちが、異変を察したように一斉にこちらに顔を向けた。張り詰めた緊張感がまりこさんの全身から放たれていた。

「それは違うでしょう」

そう、まりこさんは言った。ひどく冷ややかな声だった。

「私の為じゃなく、猫の為よ」

「猫を助けるまりこさんの力になりたかったんです」

「別に、助けて欲しいだなんて最初から言ってないわ。私はずっと猫の為に動いてる。ゆみちゃんも同じ志を持っていると思ってたのに、勝手に私に責任を押し付けないで！」

張り上げられた声に、私の身体は勝手に竦んだ。唐突にまりこさんが怒りだした理由が分からない。怒る権利を持つのは約束を反故にされた私であって、まりこさんではないはずだ。そう冷静に思考していたはずなのに、気迫に圧倒されて正解の言葉が見つからない。

「そんなつもりじゃ――」

「何、全部私が悪いって？　猫好きな子に飼ってもらった方が幸せなんじゃないかって思うことの何がおかしいのよ。ゆみちゃんが今になって猫を飼うに値しない条件で暮らしているって言い出したことが悪いんでしょう」

言葉を重ねるごとに、まりこさんの語気は荒くなった。見開かれた両目は血走り、その表情が忌々（いまいま）し気（げ）に歪む。その頬に張り付いた白髪の一本が、彼女の口端に刺さっていた。

「前々から思ってたのよ。ゆみちゃん、東京に行ってすっかり変わったわよね。私に会いに来たのも、見下す相手が欲しかったんでしょう？　内心ではずっと馬鹿にして、可哀想な女だって見下してたのね。皆そうよ。私のことをそうやって責める！　どうせ私が全部悪いのよ。私が生きてるだけで悪いんでしょう！」

「いや、あの、別に責めてるとかそういうわけじゃないんです。ただ、私がまりこさんの為に苦労したこともちょっとは汲み取ってもらえたらなって」

「勝手にそっちがやったことでしょう？　私の為だなんて恩着せがましく言って、一体何なの。ここにいる猫のことは全部私が理解してます。全員、私が責任を持って飼います！　それでいいんでしょう？」

　何も良くなかった。だけど、何と言えばいいのかが分からなかった。まりこさんの主張は一方的で、無茶苦茶で、だからこそ反論する術がなかった。口論すら成り立たない。

感情任せの主張を捲し立てられれば、人間は誰しも意見する気力を失う。小学生の頃の私は、それを論破したと心の中で表現した。だけど今こうして大人になってみると、そんな行為に何の価値もないことが分かる。

　いい年をした大人が相手を論破して、一体どうなるというのだろう。コイツには何を言っても無駄だと相手の口を噤ませ、その事実をトロフィーのように記憶の中で飾り続けるだなんて。そんなものは大人と大人のコミュニケーションではない。

「もう帰って」

　吐き捨てられた言葉に、視界が滲んだ。悔しかった。腹立たしかった。だけどそれ以上に、悲しかった。私は別に、まりこさんと対立したかったわけじゃなかったのだ。むしろその逆で、少しでも助けになりたかった。だけど私が助けたいと思ったという事実そのものが、まりこさんの自尊心を傷つけた。

――大人と大人だと、あの人と関わるのは難しいの。岡本さんが優しいのはゆみが子供だからよ。

昔、母親に言われた台詞が脳裏に鮮明に蘇る。あの時の評価は正しかった。子供の頃の私とまりこさんが上手くいっていたのは、まりこさんにとって私が庇護対象だったからだ。

まりこさんは対等な人間関係が築けない。

「……すみませんでした」

謝罪なんて本当はする必要がないと知っていた。それでも上辺だけでも元通りになるのではないかと期待して、口先で謝罪を告げた。頭を下げた私に、まりこさんはもう一度「帰って」と繰り返した。

留まることが許されず、私はそのまま玄関の引き戸を開けた。室内で飼われている猫の内の数匹が名残惜しそうに私の後をついて来た。縄張りの区別がきちんとついているのか、猫たちが外に出ることはなかった。玄関の戸が、外界との明確な境界線だった。

「あの、今までありがとうございました」

まりこさんは返事すらしなかった。勢いよく閉じられた戸を眺めていると、視界はどんどんと揺らぎ始めた。瞼越しに、手の甲で優しく眼球を押す。瞼の縁から零れた涙が、自分の頬を伝い落ちた。

思い出の中ではあれだけ美しかった庭も、今や荒れ放題の土地にしか見えない。絡まり合う雑草の下でたくさんの猫が眠っているのかと思うと、急に吐き気が込み上げてくる。喉がひりつき、痛かった。とにかく早くこの場から離れたくて、私は一心不乱に足を進める。響く足音は乱暴で、パンプスのヒールがアスファルトで削れていくのを感じていた。

　これから先、私がまりこさんに会いに行くことはないだろう。幼い頃にまりこさんと関わるなと忠告してきた大人たちと同じ様に、私もまた、彼女のことを疎ましく思う大人になってしまった。子供の頃は理解できなかった彼らの心情が理解できてしまうことが、ただひたすらに悲しかった。

　私はもう、子供じゃない。ずっと子供のままではいられないのだ。

　ツンと痛む鼻奥の刺激を無視して、私は何でもない顔で信号が赤から青へ変わるのを待った。ポケットに入れっぱなしだったスマートフォンが振動し、そういえばマナーモードにしていたことを思い出す。アプリを起動すると、結婚を報告してきた友人からメッセージが届いていた。

『実はね、赤ちゃんも産まれる予定なんだ！』

　その最後につけられた笑顔の絵文字。それを目にした瞬間、私の口からは自然と笑いが零れていた。喜びの笑みなのか、自嘲なのか、自分でも判断がつかなかった。連続してメッセージが届いていたが、私はすぐさまスマホの画面を切った。真っ暗になった画面に、無表情の自分が映り込む。傷付くことに慣れた、大人の顔をしていた。

　手の中では未だにスマートフォンが震えている。祝福することが正解なのだと分かりながらも、私はそれを無視し続けた。

　東京に帰ろう。そう、口内で繰り返しながら。

重ね着

目を覚ましてすぐ、真っ先に視界に入ったのは擦り切れたスキニーに包まれた太腿だった。

カメラをズームアウトするかの如く、私はゆっくりと焦点を動かす。黒のニットの上から羽織られたレトロ柄のカーディガン。首に掛かっている洗練されたデザインのネックレス。少し明るめの髪色のショートボブ。そして、むっすりとした表情でこちらを見下ろす妹の顔。

……おかしい、瞳は十年前から東京に住んでいるはずなのに。

欠伸のせいで滲んだ視界をクリアにしようと、私は何度も瞬きを繰り返した。しかし、その姿が消える様子は一向にない。どうやらこれは現実らしい。

日曜日の昼下がり。快晴の休日にふて寝していた私の掛布団を引き剝がし、本来ならばここにいないはずの瞳は堂々とこう言い放った。

「伏見稲荷、一緒に登ろう」

突然の妹の帰還は両親も知らされていなかったようで、京都にある小さな一軒家は俄かに騒がしくなった。昨晩は腹の立つことがあってなかなか寝付けなかったのに……と独り言ちながら、私はパジャマから辛うじて外出が許される服装へ着替えた。

一階にあるダイニングへ向かうと、テーブルを挟むようにして両親と瞳が向かい合って座っていた。母は「どうしたん急に」なんて心配そうな顔をしているし、父は「いきなり来たからビックリしたわ」と呑気な感想を述べている。

瞳は「顔を見たい気分だったの」と両親の台詞を軽くいなし、私の方をちらりと見やった。

「何時の電車に乗る？」と、スマートフォンを操作しながら彼女は言う。

「マジで登るの？　伏見稲荷」

そう答えながら、私はいつものようにボウル皿にシリアルをぶち込んだ。賞味期限が一日過ぎている牛乳を上から注ぎ、乱雑にスプーンを突っ込む。

そのまま瞳の隣に座ると、なんとなく懐かしい気分になった。学生時代はこうして四人で顔を揃えることが当たり前だったのに、瞳が実家を出てからは『当たり前』に一人分の欠けが生まれた。

「登る。ってかお姉ちゃん、その格好舐めてんの？」

「何が？」

「そんな軽装で頂上まで歩けるワケないでしょ。もう十二月だよ？」

「えー、頂上まで行くつもりなの？　めっちゃ時間かかるじゃん。今日寒いしさぁ」

「だからもっと着込んでって言ってんの。そんな格好じゃきついって」

「イケるイケる。最後にダウン着たら平気だって」

「まーた根拠もなくそんなこと言って」

これ見よがしに溜息を吐く瞳を無視し、私はシリアルを口に運んだ。スーパーの二階で買ったブラジャーの上に、猫のイラストが描かれた七分袖Tシャツ。深緑色のチノパンは、買った時に「夏でも涼しい！」という売り文句が書かれていたが、衣替えが面倒なので一年中穿いている。

「せめてなんか上に着なよ、カーディガンとか。『オシャレは重ね着から』って言うじゃん」

「そんな言葉初めて聞いたけど。大体、重ね着って何なの？」

「何なのって何なの」

「だって、この世に存在する衣類の大半が重なってるでしょ！　下着もシャツもトレーナーも、なんでもさぁ。それなのに勝手な名称付けて特別感出しちゃって」

「そんな屁理屈ばっか言ってるからお姉ちゃんは結婚できないのよ」

んぐ、とシリアルを呑み込む喉が不自然に鳴る。母は「あらあら」と困ったように頬に手を当てているし、父は「別に結婚なんてせんでもええやろ」と笑いながら言っていた。

　未婚か既婚かで人間を線引きするだなんて、この令和の時代になんてナンセンス！　思わず、「デリカシーなさすぎ」と反論すると、「身内以外にはこんなこと言わないって」と澄ました顔で言い返された。

　生まれ育ってから今に至るまでずっと実家で暮らしている私と違い、瞳は大学進学のタイミングで上京し、一人暮らしを始めた。そのまま東京で就職し、東京で彼氏を作り、もうすぐ入籍する。

　結婚願望が全く無い私に対し、三つ下の瞳は昔から三十歳までに結婚して子供を産みたいと言っていた。二十八歳で結婚するのは有言実行と言える。

空になった私の皿を勝手に流し台に運び、瞳は「私の分の夕飯は要らないから」と母に告げた。

「お姉ちゃんは夜前に帰るから、家でご飯食べるよ」

「勝手に私のスケジュールを決めないでくれる？　大体、今日だって私に予定があったらどうするつもりだったの」

「どうもしない。現に今、暇でしょ？」

「そりゃまぁ、暇ですけど」

「じゃあいいじゃん」

しれっとそう言って、瞳は玄関へと向かおうとする。その背中に「まだ準備終わってないって！」と文句をぶつけ、私は慌てて化粧ポーチを手に取った。


そして身支度もそこそこに、気付けば電車に揺られる羽目になっていた。日曜日なせいか、十三時半過ぎの車内はいくらか混雑している。二人並んで座れたのは幸いだった。

伏見稲荷大社は、私達にとって身近なようで身近でない。京阪本線の伏見稲荷駅は、実家の最寄駅から三駅先にある。いつでも行けるからこそ、これといって特別な理由がない限り行こうという気にならない。京都に住んでいると観光地の混雑具合を身をもって体験しているため、むしろできるだけ避けようとしてしまうのだ。

流れていく車窓の風景を横目に、私はスマートフォンで伏見稲荷大社について検索した。

公式ＨＰによると、伏見稲荷大社は稲荷神社の総本宮らしい。本殿は稲荷山の麓(ふもと)にある。この稲荷山は、京都盆地の東部を区切る東山三十六峰の最南端に位置する霊峰で、山中にはおびただしい数のお塚や神蹟が存在している。有名な千本鳥居は、それらを巡拝するための参道に建てられたものだ。鳥居の表面は鮮やかな朱色に塗られ、裏面には奉納した人間や企業の名前が刻まれている。

調べようと思えば際限なく情報が出て来そうだったので、私は訳知り顔で何度か頷くとスマホをリュックサックのポケットにしまった。要は、長い歴史のある場所だということだ。

「で、本当何なのよ一体」

ダウンジャケットの上から腕を擦り、私は隣に座る瞳を見遣った。Tシャツの上にダウンジャケットを羽織って出掛けたものの、これだけではやはり寒い。しかし、「なんか寒くない？」と迂闊に口にしたら最後、ほらみたことか！　という顔をされるのは間違いない。なので私はつい、姉の矜持を守るためにやせ我慢してしまった。

昔から、どうにも重ね着が苦手だ。Tシャツ一枚で済むから、冬より夏の方が断然いい。その点、瞳は寒い方が好きだった。服を沢山組み合わせられるから楽しいらしい。

「何なのって、何が」

瞳はショルダーバッグからリップを取り出すと、母親譲りの厚みのある唇に塗りつけた。威嚇するような赤色だった。

「いや、色々急だったからさ。京都来るって前から言ってたっけ？」

「言ってない。思いついて立ち寄っただけ」

「立ち寄るって……そんな気軽に行き来できる距離じゃないでしょ、東京と京都はさぁ」

「新幹線で片道二時間ちょっとだよ？　日帰りできる距離でしょ」

「まぁ、瞳がそう言うならそうなのかもしんないけど。それにしても、文聡君はいいって？」

文聡とは瞳の婚約者の名前だ。三か月後の瞳の誕生日に入籍したら、二人は正式な夫婦となる。年齢は私と同い年の三十一歳。私ですら聞き覚えのある大手自動車メーカーで働いている。ちなみに、瞳は出版社で編集者をしている。

私が彼について瞳から聞いたのは、二人が交際を始めてすぐの頃だった。「今、付き合ってる人がいるんだけど」と電話越しにもじもじと話す瞳の様子に、正直かなり驚いた。というのも、瞳は昔から結婚願望は強かったのだが、恋愛経験がほとんどなかったからだ。「私ってば変な奴にばっかり好かれるんだよね」というのが彼女の口癖だった。

両親には秘密にしているが、二人はマッチングアプリで出会った。最近だと最もメジャーな出会い方かもしれない。交際期間は二年半。来月からは新しい住居で同棲を始めるらしい。なので今、瞳は自分が選んだ賃貸マンションで、最後の独身生活を謳歌している時期のはずだ。

「いいって、何が」

瞳が顔をしかめる。不服気な表情に、おや、と思った。二か月前、結婚の挨拶の為に実家に来た時の華やかさがその顔からは抜け落ちている。

黒縁眼鏡を指で押さえ、私は軽く持ち上げる。レンズの一部が曇っていることに今更ながら気が付いた。

「だからさ、勝手に京都に戻って来て」

「別に、私がいつ実家に戻ろうと勝手じゃん」

「ってことは伝えてないのね？」

「弾丸帰省だから。夜には向こうに帰るつもり。新幹線、十九時のやつとってある」

『帰る』という言葉が瞳の口から吐き出される度に、私は不思議な気持ちになる。彼女の帰る場所は既に東京なのだ。

「もしかして、マリッジブルーってやつ？」

　軽口を叩いた私の膝を、瞳が何も言わずに軽く叩いた。その左手の薬指には二か月前にはつけていたはずの婚約指輪が嵌(は)められておらず、私はますます眉根を寄せた。付けるのが億劫(おっくう)なのだろうか。

「それにしても、なんで伏見稲荷？　縁結びだったら八坂(やさか)でいいじゃん」

「結婚目前の女にその発想？　縁ならもう結びましたけど」

「あれ、伏見稲荷ってお稲荷さんだよね。何の御利益(ごりやく)があるんだっけ」

「商売繁盛、五穀豊穣」

「じゃあ何、これからお米屋さんとか始める予定なの？」

「そんなワケないでしょ。……ほら、着いたよ」

　停車する電車の動きに合わせ、瞳は席から立ち上がった。鳥居を思わせる朱色の柱がホームに規則正しく並んでいるのが窓から見えた。

　多くの観光客と共に、私と瞳も下車する。伏見稲荷駅で降りるのは久しぶりだった。前に来たのは確か、大学時代に友人と京都観光をした時だ。博多出身の友人は、当時ワンルームマンションを借りており、よく皆のたまり場になっていた。

私の通っていた大学には関西以外に九州、四国、中国地方出身の人間が多かった。東日本より西日本の方が多いのは、東日本の子達が東京の大学を選ぶからかもしれない。所謂（いわゆる）、地理的要因ってやつだ。

彼女達と違い、私は実家以外の場所に住んだことがない。

就活は家から通える近畿圏内の企業しか受けなかったし、実際に働くことにしたのも電車で五十分ほどで通える大阪の空調設備会社の営業職だった。年収も徐々に伸び、三十一歳の今では四百万円ほどになった。実家暮らしで家賃が掛からないこともあり、ちょっと贅沢をしてもしっかり貯金ができるほどの余裕はある。

瞳の年収を聞いたことはないが、東京での一人暮らしは家賃だけでも相当掛かるようだった。両親の仕送りで賄（まかな）える範疇は超えているので、大学時代は結構な額の奨学金を借りたという。そんなに苦労してまで何故瞳が東京に行きたかったのか、私には分からない。あの学力レベルの大学なら、関西にだっていくつもあったのに。

「あ、お稲荷さんがいる」

瞳が上を指さす。駅のホームの柱と屋根の間には欄間のような飾りがあり、白狐が二匹向かい合うようにして描かれていた。

「そういえば昔、お稲荷さんが怖いって言って、ここを通るときに目を両手で隠してたよね」

「誰が？」

「瞳が」

「いつの話それ」

「私が七歳の時」

「ってことは私は四歳？　覚えてるわけないじゃん」

唇を尖らせ、瞳はずんずんと踵で踏みつけるようにして歩いて行ってしまった。

「待ってよ」

私はリュックサックの持ち手を摑み直すと、瞳の後を追い掛ける。彼女のものと違い、自分の履いているスニーカーはくたびれている。大学生の頃から履いているせいで色褪せているのに、ずるずると捨てそびれてしまっていた。


日曜日の本殿までの道中は、観光客で賑わっていた。ずらりと並ぶ店は如何にも観光地というラインナップで、溢れる非日常感に心が躍る。店先にこんもりと盛られたキツネの面に、鳥居をモチーフにしたマグネット。軒先で揺れる幟には心惹かれるワードが躍っていた。

「日本酒アイスだって」

幟に書かれた文章を読み上げた私に、瞳が「食べる？」と目線も寄越さずに問うてくる。道中に立つ朱色の鳥居を見上げ、私は「食べたいってわけじゃないけど」と言葉を濁した。見たものをそのまま口にしただけで、希望を言ったわけではない。

私の反応に、瞳はフンと鼻を鳴らした。

「お姉ちゃん、本当そういうとこだよね」

「何が」

「いっつもテキトー」

「アンタが真面目過ぎんのよ。そんなにガチガチに頭使って生きてらんないわ」

「永遠に行き当たりばったりってのもどうかと思うけどね」

フッと吐息に似た笑いを漏らし、瞳は踵をわざと強くぶつけるようにして歩いた。

「そういやさ、お姉ちゃん、アイツはどうなの」

「どうなのって？」

「御坂(みさか)だよ御坂。今何年目だっけ」

「十年目」

「それで結婚の話が出ないのってどうかしてると思う」

「別に、どうもしてないけど」

御坂拓真(たくま)と付き合い始めたのは私が大学四年生の時だ。アナログゲームサークルに入っていた私たちは、飲み会のノリでなんとなく付き合うことにした。二人には共通点が多くあった。地元は京都。社会人になっても実家暮らし。仕事はお金を稼ぐために仕方なくというスタンス。自分の趣味に時間とお金を掛けたい、いつでも一緒というべったりなノリは嫌。

あと、結婚というものにそれほど積極的じゃない。

普段は月に二、三回の頻度で会い、年に数回は一緒に旅行に行く。付き合ってすぐの頃は浮き立ったりすることもあったが、二年を過ぎたあたりから落ち着きが出始め、今となってはすっかり安定した関係を築いている。

「相変わらず、長い春してんね。正直さ、今日も御坂と用事があるかなって思ってたの。最悪、一人で登ろうかなって。だからお姉ちゃんが昼までベッドで寝っ転がってたの、意外だった」

「別にー。御坂とは毎日会うような関係じゃないってだけ」

「あ、もしかして喧嘩した？」

「……」

「図星じゃーん。わかるわかる、付き合い長いとどっかで絶対揉めるよね」

眉尻を跳ね上げ、瞳が訳知り顔で頷く。その背中を軽く小突き、私は彼女の隣に並んだ。着ぶくれした妹の背中に触れても、固い感触しか返ってこなかった。

「喧嘩の原因は？」

「昨日さ、十年目のお祝いにってネックレスを渡されたの。ティファニーのやつ」

「オープンハート？　お姉ちゃんにはちょっと可愛すぎよね」

「いや、シンプルなデザインのやつ。六万くらいの」

「じゃあいいじゃん」

「良くない。私、普段ネックレス付けないのにさぁ！　六万なんて、そんな高い物に使わなくて良かったよ。そんなお金あったら貯金して欲しい。それか、食事代か旅行代にしたい」

「それで喧嘩？　せっかくプレゼントくれたのに。ありがと〜って言うだけ言ってつけなきゃいいだけじゃん」

「そういう問題じゃないの。大体、十年付き合ってたら私がアクセサリーするかしないかぐらい分かるでしょ？　とりあえずネックレスやっとけばええやろ的な考え方にムカついたっていうか。私にちゃんと向き合ってる？　って思ったというか」

レストランでのディナーの後にお茶する予定だったのを、早めに切り上げて帰ったのもそれが理由だ。

向こうはショックを受けた顔をしていたが、こっちも頭に血が上っていてうまく対応が出来なかった。怒りもあったが、虚しさもあった。自分たちは分かり合えていると思っていたから、余計に。

朝からLINEで『昨日はごめん』と御坂からメッセージが届いていたが、それもずっと無視している。『こっちこそごめんね』といつも通り送ればいいだけなのに、どうしてか気が進まなかった。

「金銭感覚の違いって、付き合ってる時はいいけど結婚したらキツいよねー」と瞳が先輩風を吹かせて言う。

「別に、結婚する予定もないし」

「プロポーズされなくて焦ったりしないの？　私だったら十年記念日にプロポーズじゃなくてネックレスもらったら、『そっちじゃねえよ』って苛々するけどね。私、文聡に言ったもん。『この年でずるずるするつもりはないから、一年以内にプロポーズしてくれ』って」

「そりゃ瞳は昔から結婚願望が強いからね。結婚だって早いしさぁ」

「二十八なんて全然早くないっての。昨年の平均初婚年齢は夫が三十一・一歳、妻が二十九・四歳だよ」

「それ、どこの統計？」

「人口動態統計。厚生労働省のページで見られる」

「なんでそんなの見てんの」

「だって気になるじゃん。自分が平均と比べてどうか」

「気にしたことない」

「だからお姉ちゃんはそんな呑気なのね。私だったら御坂みたいな色々となあなあにする男とはすぐに別れる」

御坂との話になると、女友達の大半は彼のことを責め立てる。「そんだけ待たせるなんてひどい」だとか「そんな男と早く別れて結婚願望のある人を探した方がいい」だとか。

どうやら多くの人間は、長年付き合って結婚していないカップルの全てが結婚を待ち望む女とそれをはぐらかす男という図式で成り立っているように思っているらしい。私みたいに結婚に消極的な女は、結婚しない女ではなく結婚できない女として分類されがちだ。

「結婚なんて急いでしなきゃいけないもんでもないでしょ」

「結婚はね。でも、出産にはリミットがある」

「子供が欲しいと思ったことないもん。結婚する覚悟もまだないな。自分の為にまだまだ時間を使いたいし」

「いい年して何言ってんのよ。お姉ちゃんは想像力がないみたいだから言うけどね、今のままなんて不可能なんだよ？　お父さんもお母さんも年を取るし、お姉ちゃんの周りの友達だって家庭を持ったら今みたいに相手してくれない」

「何。自分が結婚するからって、わざわざ説教しに京都に来たわけ？」

冗談に聞こえるように言ったつもりだったが、鼓膜を震わす自分の声からは剣呑さが隠し切れていなかった。瞳が息を呑んだのが分かる。その双眸に怯えの影が過ぎったのを見て、私は目を逸らした。瞳は傷付くことを異常に恐れるのに、傷付けることに無頓着なところがある。正論は、全てが許される印籠ではないというのに。

　石畳で舗装された地面を目で追いながら、私は大きく溜息を吐く。

「この話はやめよ。ほら、もうすぐ着く」

　ずらりと店が並ぶ通りを抜けると、見覚えのある朱色ではなく石造りの鳥居が見えて来る。そこから見える参道の傍らには社号標が建てられ、『官幣大社　稲荷神社』という文字が彫られていた。

　本殿へと続く参道の両サイドには砂利が敷かれており、その上にブルーシートを敷いていくつも屋台が出されている。たこ焼き、りんご飴、ステーキ串、蟹肉棒……。ラインナップが如何にも出店という感じで、祭りのような非日常感が辺りに充満していた。

　道行く人々の中には海外から来たと思われる観光客の姿も多かった。一目でレンタル品だと分かる着物の裾からは、これまた借り物らしき下駄が覗いている。

　着物姿の外国人を横目に、瞳が気を取り直したように口を開いた。

「そういえばお姉ちゃん、大学の卒業式でスーツ着てたよね」

「だって、袴着るのめんどくさそうだったから。成人式の振袖で嫌になっちゃった」

「でもさ、卒業式ぐらいしか袴を着る機会なんてなくない？」

「別に一生着なくてもいいんじゃない？　私の人生には必要なかったってことで」

「見切りが早くない？」

「そう？」

「着たら意外と気に入ったかもしれないよ」

「でも、重ね着は嫌いだし」

「は？」

「だから重ね着。着物とか袴なんてさ、重ね着の最たるもんじゃん」

「あー、昔からその謎理論かましてくるよねー。私は薄着の方が断然嫌。心許ない。寒さと不安には完璧に備えたい」

「完璧なんて無理でしょ」

「分かってるって。そういう心持ちってこと。ココロモチ」

参道を歩いていると、朱と白のコントラストが美しい楼門が見えて来る。真っ青な空に、鮮やかな朱はよく映えた。金色の装飾が日差しを反射し、建物に上品な彩りを与えている。

敷地内には石段が設置され、山へと続いていた。建物を守るように置かれた一対の狐像には、赤い前掛けが掛けられている。

さらにそのまま道を進んでいくと巨大な境内案内図が設置されていた。イラスト化されたマップには現在地が示されている。道を順に沿って進めば、外拝殿、本殿に行き着き、さらにその先に有名な千本鳥居がある。

順路案内に逆らう理由もなく、私たちは石畳の上を歩いた。ところどころに建てられた木製の解説板は変色し、字が掠れて読みにくい。石製の灯籠や階段の一部は黒く変色し、元の色を失っている。その一方、最近建て替えられたのであろう建物や階段はピカピカしていて、古さを微塵も感じさせない。

この場所は不思議だ。新しいものと古いものが入り混じっているのに、それら全てがしっくりと馴染んでいる。

「あ、御神籤引きたい」

そう言って、瞳はこちらの返事も聞かずに御神籤の方へと歩を進めた。白いテーブルの上に置かれた御神籤箱は金具部分が風合いのある金色をしていて、赤字で『神籤』と彫られていた。

「お姉ちゃんは引かないの」

「私はパス」

「なんで」

「悪い結果が出たら嫌だから」

「リスクを背負うくらいなら、何も知らない方がいい？」

「かもね」

ゆさゆさと御神籤箱を揺らす瞳の傍に立ち、野次馬気分で結果を待つ。

箱の穴からにゅっと棒が出て来て、その先端に数字が書かれている。それを職員に渡すと、結果の書かれた長い紙を受け取ることができる。瞳が紙を広げる手元を、私は横からひょいと覗き込んだ。

「どうだった？」

「吉凶不分末吉」

「長っ。もはや呪文じゃん」

瞳は御神籤とスマホの画面を交互に見ながら、検索画面に先ほどの御神籤の結果を打ち込んだ。

「えーと、伏見稲荷大社の吉凶の種類は全部で十七種類で、コイツはあんまりよくないやつ。吉か凶か分からないけど、いつかは吉になる……的な意味っぽい」

「ま、珍しいから持ち歩いてもいいいんじゃない？」

「やだよ。結んどく」

そう言って、瞳は用意された場所に紙を括りつけていた。これまでこの場所にやって来た人間たちの跡の群れに、瞳のそれが一つ加わる。結ばれた紙は、どれもが似たような形をしている。

御神籤なんて、もう五年は引いていない。最後に引いたのは初詣の時だろうか。あの時は、帰省した瞳と一緒に八坂神社に行った。参道は大勢の人で溢れかえっていて、私は息苦しいと思った。早く家に帰って、人混みを避けたい、と。だけど隣に並ぶ瞳は買ったばかりのお守りを片手に、「ほっとするね」と笑っていた。

「じゃ、気合入れて登りますか」

こちらへ戻って来た瞳が、見せつけるようにスニーカーの先端で地面を叩いた。デニムパンツの裾からはワインレッドの靴下がちらりと覗いている。

「ガチで登るの？」

「登るよ。お姉ちゃんもちゃんと覚悟してよね」

「ってか、結局なんで登ろうと思ったの」

「またそれ聞く？」

「だって答えてもらってないんだもん。せめて四ツ辻で満足してよ」

「だめ。今日は山頂の一ノ峰まで行きます」

「だからなんで」

「え？　昨日の夜、登りたいなって思ったから」

「それでわざわざ京都まで来る？」

「思い立ったが吉日って言うじゃん。あとは、そういえば最後まで登り切ったことなかったなって急に思って。やり遂げたくなったんだよね」

それが嘘であることはすぐに分かった。だが、向こうに話す気がないのは明白だったから、こちらも追及するのはやめておいた。

「お姉ちゃんが実家にいてラッキーだったなー」

「私はアンラッキーでしたけど？　せっかく寝てたところ起こされてさ」

「実家にいる者の宿命だね」

「そんな宿命があってたまるか」

わざと唇をへの字に曲げると、瞳はケラケラと喉を震わせて笑った。

「いい加減、実家なんて出ちゃえばいいのに。貯金だって相当あるでしょ」

「でも一人暮らしってコスパ悪いし」

「人生は全てコスパ？」

「全てじゃないけど、大事なことじゃない？」

そこまで言ったところで、ブルリとポケットの中でスマートフォンが震えた。御坂から『来週はどうする？』と短いメッセージが届いたことの通知だった。どうやら、このまま喧嘩をうやむやにするつもりらしい。昔から、御坂にはそういうところがある。ぶつかり合うのが面倒で、問題点自体を無かったことにしたがる。彼のそういうところが好きでもあり、モヤモヤする部分でもある。

返信するのが面倒で、私はスマホをポケットに再びしまった。「いいの？」と瞳がこちらの顔を覗き込む。誰からのメッセージか、想像がついているのだろう。

「いいよ。急ぎじゃないから」

「ふーん？」

口端を微かに綻ばせ、瞳は自身のショルダーバッグのストラップをぎゅっと摑み直した。瞬きをしたせいでマスカラが落ちたのか、その目元にぽつんと小さな黒い点が出来ていた。

人の流れに従って道沿いに進むと、千本鳥居は左右二つのルートに分かれていた。その上に、『千本鳥居は右側通行です』と注意書きされた横断幕が吊るされている。

鳥居は年季によって明らかに鮮やかさが違っている。新しいものは鮮やかだが、建てられた年が古いものほど朱色が褪せていた。ひび割れ、薄くなった塗料の下からは薄っすらと木目が見えている。

時を経るごとに鮮やかさは失われるが、ありのままの姿が透けてきてそれはそれで美しい。綺麗の種類はたくさんあるはずなのに、忙しなく生きていると時折そのことを見落としてしまう。

「久しぶりに伏見稲荷来たけど、やっぱ綺麗だね」

私の言葉に、瞳は額の汗を拭いながら頷いた。

「京都はいいなって、離れてから思うよ。やっぱいい街だと思う」

「その割に、大学も東京だったよね。就職の時期には帰って来るかなって思ったけど、結局そのまま東京だったし」

「だって、東京の方が楽しいことが多いんだもん。まぁその分、婚期も遅くなりがちだけど。皆、仕事や娯楽でいっぱいいっぱいだし。どう考えても地元に残った子の方が早いよね、結婚は」

「その言い方だと私はどうなるのよ」

「でも実際そうでしょ？」

「まぁ確かに。大学時代の一番濃い友達グループは遅い子ばっかだけど、中・高の子は結婚してる子も多いね。特に、大学行ってない子は早い」

「高卒で働いてる子と大卒の子だと、社会に出る時間が四年も違うんだよ？　そりゃさ、そろそろ落ち着くかって思う時期も違うでしょ」

「なんか、さっきからアンタ、結婚の話ばっかりね」

「だって、最近はそればっか考えてんだもん」

深々と溜息を吐き、瞳は自分の耳朶（みみたぶ）を引っ張った。黒のハイネックの生地が縁取る、彼女の首の輪郭線。その喉が、微かに震える。

「あ、奥の院だ」

千本鳥居を抜けた先、奥社奉拝所(おくしゃほうはいしょ)の姿が見えて来た。朱色の建物の周りには狐の顔の形をした四角形の絵馬が吊り下げられている。右手には売店があり、座って飲み食いすることも可能だ。

この奉拝所の右手奥には、一対の石灯籠がある。願い事を念じて灯籠の先端にある『おもかる石』と呼ばれる丸い空輪(くうりん)を持ち上げた時、自分が予想していたよりも軽ければ願いが叶い、重ければ叶うのが難しいとされている。

「せっかくだしやる？」

瞳に聞かれ、私は顔をしかめた。「私はいい」と答えると、瞳は慣れた様子で肩を竦めた。

今日は幸いにも順番待ちの人は少なく、すぐにおもかる石に挑戦することが出来た。後ろで並んでいる人の視線を感じながら、しかつめらしい面持ちで瞳が空輪を持つ。

「どう？」

「んー、重い」

「ダメじゃん」

「お姉ちゃん、本当にやんないの」

「別にいいかなって」

「せっかくここまで来たんだから試しなよ」

「えー？」

「いいからいいから」

半ば強引に空輪を持たされ、私は仕方なく目を瞑(つぶ)った。願い事、とはなんだろう。

小学生の頃なら運動会の組体操で失敗しないようにと願ったかもしれない。昔から、運動は苦手だったから。中学生、高校生の頃なら間違いなく、受験に合格しますように、だ。大学生の頃は就職先が見つかりますように。

じゃあ、大人になったら？　会社に入って最初の一、二年目は慣れないことだらけで大変だった。しかし最近ではマンネリ気味で、繰り返される日常に飽き始めている。

退屈だけど安定と、刺激的だけど不安定。二つを心の天秤に掛けたら、間違いなく安定に傾く。だから、この生温（なまぬる）い日々を繰り返す以外の道がない。

結局、何の願いも脳内に浮かばないまま、私はまん丸な空輪を両手で挟むようにして持ち上げた。思ったよりもずっと、ズシリと重かった。

「どうだった？」

瞳に聞かれ、素直に「普通に重い」と答える。瞳はうんうんと頷いた。

「アレ、絶対思い込みだよね。重量は変わらないわけだし」

「瞳は何をお願いしたの？」

「お姉ちゃんが結婚しますようにって」

「うわっ、有難迷惑」

「お姉ちゃんは何にしたの」

「……宝くじが当たりますようにって」

「七億当ててよー。そしたらお母さんたちの老後資金の心配もしなくて済むし」

「老後？」

「そろそろ考える時期でしょ」

なんてことない口調でそう言って、瞳は再び歩き出す。三つ下の妹だというのに、瞳は本当にしっかりしている。何重にも衣服を纏った彼女の背中を目で追いながら、私はぼんやりとその後を追う。

いつかは考えなければならない問題だと分かっていても、私はまだ両親が老いて死ぬところを想像出来ない。だって、二人はこの前六十代になったばかりだ。父は同じ会社で再雇用されて元気に働いているし、専業主婦の母は私と父のお弁当や夕ご飯を毎日作ってくれている。端(はた)から見ていると私なんかよりもずっと元気だ。最近なんて、二人で近所の社交ダンススクールに通い始めた。

自分が年を取った時に、御坂と私がこんな関係になっているところを想像できない。私は母のように家事は出来ないし、料理の腕だって自信がない。

本当は頭では分かっている。今や共働きが主流の時代だ。性別で家事を割り振る必要なんてないし、結婚した友達の話を聞いても夫婦で分担して家事を行っている家庭が大半だ。

だけど、完璧な母の姿が私を結婚から遠ざける。あんな風になれないことへの後ろめたさが、私から結婚への憧れを奪う。

「ごめん、ちょっと止まって」

緩んでもいないのに、私はその場にしゃがみ込んでスニーカーの靴紐を結び直した。歩きやすくて、心底気に入っているデザイン。大学時代から履き続けているこの靴も、いつかは買い替えなければならない日が来るのだろうか。

「はぁー、行きますか」

立ち上がった私のリュックサックを、瞳が無言で叩いた。

奥社奉拝所から先に進むには『根上りの松』と書かれた案内板に従って、鳥居の群れをくぐっていくしかない。ここまでは大した起伏はないが、ここから先は稲荷山を登るルートとなる為、どんどんと傾斜が激しくなる。

多くの観光客はここで引き返し、再び千本鳥居を抜けて本殿へと戻る。だが、今日の私たちの目的地は山頂だ。

鳥居をくぐり、石段を上っていくと、先ほどまでの人混みは嘘のように無くなった。

「瞳はさ、また京都に住もうとは思わないの」

「なあに。突然」

「ほら、東京に比べたら家賃だって安いしさ。子供の面倒だって親が見てくれるかもしれないし」

「無理だって。夫婦揃って転職は難度高すぎ」

一笑され、私は内心で落胆した。瞳が京都にいてくれたら、両親の老後の話なども含めて色々と心強いのに。

「それに、私は東京好きだし。中学生の頃には、絶対に京都から出て行くって決めてた」

「なんで？　さっきは京都はいい街だって言ってたのに」

「京都が嫌なわけじゃないよ。ただ、生まれ育った街が嫌ってだけ。だってさ、うっかり知り合いに会うかもしんないでしょう？　小学校の同級生とかさ。そういうのが嫌なの」

「むしろ、それが良くない？　久しぶりに友達に会えたら懐かしーってなるけど」

「お姉ちゃんはね。けど、私はならない。だから東京で良いの。就職先の選択肢だって、東京と京都じゃ全然違う」

　通路の途中にあった木製のベンチは長い時間を感じさせる代物で、表面の板が剝がれていた。生い茂る雑草に半分ほど呑み込まれ、ほとんど座れる状態にない。

「椅子はあるのにねぇ」とこぼした私に、「どんな椅子でもいいならね」と瞳は腕を振りながら言った。皮肉めいた声だった。


　その後、三ツ辻に辿り着いたのは熊鷹社（くまたかしゃ）を出てから約十分後、十五時四十五分だった。社（やしろ）が短い間隔で建っているため、歩いているだけでも飽きない。

　時刻は十六時近いが、鳥居と木のせいで日差しが遮られて全体的に薄暗い。木漏れ日を浴びた鳥居は滑らかな表面にところどころ光色の斑（まだら）模様を作っている。影に包まれた階段に散らばった、万華鏡のような光の粒。

「そろそろ山頂じゃない？」

　標高が高くなるのを肌で感じ、瞳が額に滲んだ汗を拭った。「次は四ツ辻だよ」と私は冷静に瞳の言葉を訂正する。

　通路の傍らに等間隔に建てられた外灯には、『火気厳禁』と書かれたプレートが付いている。確かに、ここが山火事になったら恐ろしいだろうな、と私は通路の外を見遣る。わしゃわしゃと生い茂る草花に、木の枝や根が絡まり合っている。人の出入りがないであろう斜面には沢山の枯れ葉が積もっていた。

階段を抜けると、見晴らしのいい場所に出た。生い茂る木々の隙間から京都の街並みが一望できる。低い建造物が立ち並ぶ中を、高速道路が蛇行している。銀色がうねるその姿は、空を飛ぶ龍みたいだった。

四ツ辻は三ツ辻から歩いて十分ほどの場所にあった。ここからはぐるりと環状のルートになっていて、右から進んでも左から進んでも山頂へと行き着くことが出来る。

他と比べても開けた場所で、お茶屋さんの近くには沢山のベンチが置かれていた。ここで休憩を取ってから登山を頑張る人間も多いらしい。

「私、ソフトクリーム食べたい」

こちらの返事も聞かず、瞳は勝手にお店でバニラソフトを注文していた。私だけ何も食べないのも癪なので、抹茶ソフトを注文する。店先に置かれた木製の縁台に腰掛けると、酷使していた足の疲労がどっと出た。

「やばい。明日筋肉痛になりそう」

靴下の上から足首を揉む。出っ張った骨は丸く、固い。

「あー、甘味が染みる。朝から新幹線はやっぱきついわ」

「そりゃそうでしょ。しかも夜には帰るんでしょ？」

「だって明日は会社だし、夜は文聡と会う約束してるし」

「何時から？」

「二十時くらい。文聡の家に行って、そのままテキトーに夜ご飯食べる予定」

「どっちが作んの」

「えー？　どっちも作んないよ。出前とる」

ケラケラと軽やかな笑い声を上げ、瞳がソフトクリームの先端を齧った。渦を巻くソフトクリームの表面は既に溶けかけ、輪郭線がぼやけている。

縁台に座ったまま足先を伸ばし、眼前に広がる京都の街並みを眺める。空には雲のヴェールが掛かり、その隙間から黄色を帯びた太陽の光が漏れている。遠い山間（やまあい）と、それに囲まれた平たい土地。高いところから見ると、京都は本当に盆地なんだなと実感する。底が平べったい金魚鉢みたいだ。

生まれてから死ぬまで、きっと私はこの金魚鉢から抜け出せない。いや、抜け出さない、の方が正解だろうか。自分が自分の意思で家を出る決断をする日が思い描けない。たとえ御坂と結婚して実家を出ることになったとしても、実家近くに住むことを選ぶだろう。

「お姉ちゃんは料理とかすんの」

「全然。お母さん、私が勝手に台所使うと嫌がるから」

「……私、やっぱりお姉ちゃんは家から出た方がいいと思う」

「またそれ？　さっきもやった」

「でもさ、三十歳過ぎて実家ってヤバくない？」

「今時、実家とか一人暮らしにこだわるほうがヤバいでしょ。独身で実家暮らしだと問題ある？」

口を尖らせた私に、瞳は両目を軽く細めた。

「ないよ、目的が明確ならね。結婚せずにバリバリ仕事するんだとか、実家で暮らしてお金を貯めるんだとか、両親と一緒にいてあげたいとかさ。でも、お姉ちゃんの目標って『現状維持』でしょ。それって絶対に不可能じゃん。なのに続けようとしてるなんて単なる思考停止でしょ」

溶け始めた抹茶ソフトの雫が、指の上を伝ってボトリと地面に落ちた。ハンカチを汚すのが嫌で、私は咄嗟に指を舐める。舌で拭った肌は、甘ったるくてべたついている。

「変な意地張ってないでさ、御坂と結婚しなよ。そしたら私もお母さんも安心できる」

「なんでそこでお母さんを引っ張り出すの、卑怯でしょ」

「言わないけど、お母さんはお姉ちゃんのこと心配してるんだよ。幸せになって欲しいって思ってるから」

「何それ。私のこと可哀想だとでも思ってんの？　今の私は幸せじゃないって？」

「可哀想とまでは言ってないでしょ」

「じゃあ何が言いたいの。急に帰って来たと思ったらグチグチと……。結婚結婚ってうるさいのも、自分の不安を誤魔化したいだけでしょ？　私は正しいんだ、これでいいんだって確かめたいだけ。他人の人生に上から目線で口出すのがそんなに楽しい？」

「そんなつもりじゃないって言ってんじゃん。お姉ちゃんの馬鹿！」

「馬鹿なのはそっちでしょ！　アンタの人生なんて知ったこっちゃないっての」

自棄（やけ）になり、唇が汚れるのも厭（いと）わないまま、私は貪（むさぼ）るようにソフトクリームに齧（かぶ）り付く。乾燥したコーンが口蓋に貼りついて、舌先で突いてもなかなか剝がれない。不快さと焦燥を胃の中へ押し流そうと、私はリュックの中に入れていたペットボトルの水を飲んだ。

　こちらに対抗するかのように、瞳も大口を開けてバニラソフトを食べ進める。コーンを一気に食べ進んだその時、喉に詰まらせたのか彼女は激しく咳き込み始めた。涙目になる瞳に、私は無言でペットボトルを差し出す。透明なペットボトルの中で、閉じ込められた水がたぷんと波打っている。

　瞳がこんな風にヘマをするなんて珍しい。そういえば、小学三・四年生くらいまではこうして瞳の世話をよく焼いてやっていた。忘れ物の水筒に私が気付いたり、通学路でこけた彼女の傷口を洗ってやったり。それがいつの間にかしっかり者になり、私の手助けなど気付けば必要としなくなっていた。

　瞳はペットボトルを受け取ると、ゴクゴクと音を立てて水を飲んだ。空になったペットボトルを、彼女はそのままゴミ箱へと捨てる。口元を手の甲で拭い、瞳は大きく息を吐いた。

「息、できてなかった」

「一気に食べるからでしょ」

「……うん」

　そのまま瞳は俯き、じっと一人で何かを考え込んでいる。黙り込む妹を見ていると、罪悪感が胸の内側から湧いてくる。

　さっきの台詞は流石に言い過ぎただろうか。いやでも、元々は瞳の方が悪いんだし。

　唇を引き結んで平静を装っている間に、脳内ではポンポンと会話が飛び交う。私の思考回路は時折、いくらブレーキを踏んでも止まらなくなってしまう。そうなると思考を鎮めるのに必死になり、どうしても口数が減ってしまう。

「そろそろ登ろっか」

どこかぎこちない口調で、瞳が言った。「怒った?」と問われ、「怒ってないよ」と即座に答える。瞳は唇を微かにすぼませる。嘘じゃん、と言いたげだった。

「……」

「……」

四ツ辻を出て、時計回りにルートを進む。案内板には『お山一周約30分』と書かれていたが、小休憩を挟みながらだともっと時間が掛かるだろう。

道中、先ほどまでの賑やかさが嘘のように二人の間に会話はなかった。互いに互いの様子を窺うような、奇妙な緊迫感が流れている。

どうしてせっかくの休日に妹とこんなことになっているのだか。乳酸の溜まった脹脛(ふくらはぎ)を見下ろしながら、私は思わず溜息を吐いた。

参拝順路に従い、黙々と階段を上る。眼力社を過ぎ、薬力社へ。標高は次第に高くなり、すれ違う人の数も減る。会話をしなければ、ここはこんなにも静かだ。

立派な社も、狐の像も、朱色の鳥居も。登り始めた時は全てが新鮮に見えたのに、ここまで登るとそれら一つ一つを丁寧に楽しむ余裕がない。普段は運動なんてしないくせに急に張り切ったから、身体が音を上げ始めている。息切れしているのは私だけでなく瞳もで、先ほどから肩が上下していた。

その十分ほど後に長者社に着いた時には、流石に「休憩しよう」と私から声を掛けた。並ぶ灯籠には灯りがともり、ぼんやりと参道を照らしている。苔の生えた灯籠には奉納者らしい人物の名前が日付と共に刻まれていた。

道の脇で立ち止まり、私たちはそれぞれ新しく買ったペットボトルの水を飲んだ。深く息を吸い込み、吐き出す。深呼吸を繰り返すと、荒かった呼吸も整い始める。

「なんか暑くない？」

私の言葉に、瞳は「暑い」と短く答えた。運動したせいで身体があったまったらしく、先ほどから汗が止まらない。体内にこもる熱に堪え切れず、私はダウンジャケットを脱ぐと自分の腰へと巻き付けた。

「瞳も脱げば？　暑いでしょ」

瞳は厚着が好きだから断ると思っていたのだが、意外にも彼女は羽織っていたコートを勢いよく脱いだ。それを折り畳むようにして右手に持ち、そのままこちらへ差し出してくる。

「ちょっと持ってて」

「なんで？」

「いいから」

言われるがままにコートを受け取ると、瞳はカーディガンを脱ぎ、更にはその下のニットまで脱ぎだした。真っ黒な生地の下から白い肌が晒される。瞳がニットの下に着ていたのは、ユニクロの半袖Tシャツだった。

面喰らっている私に、瞳はしてやったりと言わんばかりに口角を吊り上げた。絡まりそうになったゴールドのネックレスをつけ直し、彼女はTシャツの半袖をさらに捲った。

「いやいや、今は冬ですけど」

「でもいいの。暑いから」

まるで真夏のようなファッションで、瞳は軽く胸を張る。自分の格好を見下ろし、彼女は「似合わんわー」とどこか清々したように言った。「似合ってるよ」と私が言うと、瞳は照れたように頬を掻いた。先ほどまでの妙な緊張感は、気付けば消えてなくなっていた。

「休憩終わりね」

「あー、キツイ」

瞳が脱いだコートと服を私のリュックサックに詰め込み、再び歩き始める。階段は長く、そして山頂に近付くほど急になる。

「お姉ちゃん」

「何」

口を開いた瞳に、私は目だけを向ける。少し歩いただけで整えたはずの息は簡単に乱れ始めた。これが年ってやつか。そう思ったが、よくよく考えると小学生の頃から体力はなかった。大人になって一番良いことは、体育の授業が無くなったことだ。

瞳は汗で濡れた髪を掻き上げると溜息交じりに言った。

「私さ、社会って頑張れば頑張るだけ報われるもんだと思ってた」

「うわ、突然真面目な話」

「茶化さないでよ」

「ごめんごめん」

パンツのポケットに両手を突っ込み、私は肩を竦めた。咄嗟にはぐらかしてしまった自分の幼稚さが恥ずかしかった。

「大学受験の時とかさ、勉強すれば自分の偏差値は上がったし、いい大学を選べたじゃん。就職してからも、働いたらお金が稼げる。そりゃ会社にいたらやりたくないこともやらされるし、嫌なヤツと一緒に仕事しなきゃいけないこともあるけど、何年も働いたら色々と身についてやれることも増えて来る。やりがいだって生まれる。私、今の仕事が好きなの」

「小さい頃から出版社で働きたいって言ってたもんね」

私は瞳とは違う。仕事に対してそこまでのモチベーションはないし、労働は生きるためのものだと割り切っている。やりがいなんてなくたって、自分の口座にきちんと給料が振り込まれているならそれだけで仕事をやる理由になる。

「でも結婚することになって、初めて子供について真剣に考えた。もしも子供を産むってなったら、里帰り出産する？　それとも都内で出産する？　生まれた後、家事の分担はどうする？　保育園の送り迎えは？　もしも子供が急に熱を出したらどっちが休む？　二人目を産んだら？　家は賃貸のまま？　もしも家族が増えるなら、間取りはどうする？」

矢継ぎ早に繰り出される疑問符に、私はたじろいだ。正直に言えば、そんなことを今まで考えたこともなかった。

瞳は髪を耳殻に掛けると、ふぅと静かに息継ぎした。半袖シャツの袖から剝き出しになった、白い二の腕。

「地元に残った子達が結婚が早い理由も分かったよ。だって、迷う必要がないもん。子供を産んでも自分の親に頼れるし。結婚相手が同級生だったりしたら尚更だよね。お互いの親のことも知ってるし、どちらの実家も近い。助けてくれる人の数が違う。勿論、頼れない人もいるだろうけど、地元から出た人と比べたら物理的な障壁の数が違う」

強張る瞳の横顔を、私は無言で見つめている。

妹の背にのしかかる、透明な重荷。どれだけ脱ごうが纏わりついてくる不安を、彼女は幾重にも重ね着している。

震える睫毛（まつげ）の下で、彼女の双眸が静かに光った。両目に貼りついた涙の膜が声に共鳴してさざ波を作る。

「私、仕事がしたい。もっともっと働いて、給料を上げて出世して……。だけど、多分、無理なんだよ。これってさ、社会のバグだよね。子供が増えたら必要なお金も増えるに決まってるのに、どんどん働きにくくなる。子供に費やさなきゃいけない時間が増えて、仕事から遠ざかる」

「じゃあ、文聡君に頼んだら？　今どき、男女平等なんだから」

「そういうことじゃないんだよ。私がバリバリ仕事して文聡が仕事をセーブしたって、結局、私が苦しいって感じることには変わりないの。一つの家庭の中で、どちらかに我慢を強いることになっちゃう。……毎日が不安だよ。私、大丈夫なのかなって」

もしも御坂と結婚したら。これまで否定してきた仮定が、急に脳内で何度もリフレインする。愛と情とマンネリと惰性で続いて来た関係だ。これまでだって続いて来た。だから、何の確約がなくともこれからも同じように続くものだと思っていた。今の居心地のいい関係を壊すのが怖い。わざわざ二人の形を変えてまで、結婚という責任を背負いたくない。

瞳の手が伸びて来て、私が腰に巻いているダウンジャケットの袖を摑んだ。階段を上る度に、スニーカーの底が擦れる音がする。

「もしも私がお姉ちゃんだったら、迷いなく結婚する。だって、子供に何かあった時に親を頼れるもん」

「今の瞳は、結婚に迷ってるってこと？」

「結婚相手に文聡を選んだことに迷いはない。子供を産むことに躊躇いもない。ただ、怖いの。これまでは一人で勝手に野垂れ死んでも許されたのに、急に未来への責任が出てきて。十年、二十年後のことを否が応でも考えなきゃいけなくなっちゃった」

「……現状維持は絶対不可能、ね」

先ほど瞳に告げられた台詞を思い出し、知らず知らずのうちに唇が苦笑に歪む。あれはきっと、私だけに向けられたものではなかった。

「大学生の時から絶対に結婚したいって思ってたのに、いざ近付くと怖気づくなんて不思議だよね。昨日家が決まって、ようやく一緒に住めるって決まって。そしたら……なんでかな、逃げだしたいって思ったの」

「それが今日、京都に来た理由？」

「京都に戻って来た理由っていうか、伏見稲荷に登った理由。変だよね。近くに住んでた頃は山頂なんて、絶対に登らないって思ってたのに。なんでかさ、昔みたいにお姉ちゃんと何かしたくなったの。同じものを見て、同じ場所を目指したかった」

そう言って、瞳は強がるように口端を吊り上げた。その右手を、私はそっと握る。ネイルサロンで手入れされた瞳の爪は、触れると艶々した感触があった。

小学生の頃は、こうして二人で手を繋いで通学路を歩いていた。瞳を守るのが姉である私の役目で、守ってあげる相手がいることに誇らしさを感じていた。

文聡君と結婚したら、瞳は東京で新しい家庭を作る。だけどそれまでは、私達が唯一の家族だ。

「私、まだまだ結婚しないよ」

発した言葉に、「さっきはごめん、八つ当たりした」と瞳がしおらしく肩を落として言った。やはり半袖だと寒いのか、その腕には鳥肌が立っている。

「お姉ちゃんを急かすつもりはなかったのに」

「いいよ。私だって正直に言うとね、本当に結婚したくないのか、結婚願望が無いってことをアイデンティティーにしてるのか、自分でもよく分かんないの。結婚って私が思ってるより悪いものじゃないかもって頭では分かってる。だけど、自分を守ることばっかり優先しちゃう。何かを決断して、そのせいで傷付くのが怖いの。挑戦しなきゃ失敗しない。なら、挑戦を避けた方がいいのかなって」

肺に溜まる陰気な空気が、言葉と共に吐き出される。瞳は目を丸くし、それからはしゃぐように口角を上げた。

「珍しい」

「何が」

「お姉ちゃんがちゃんと真面目に答えてくれること」

「いつもはテキトーって？」

「だってそうじゃん。本音を全然見せてくれない」

「全部本音だよ。弱音も、強音(ツヨネ)も」

「ツヨネって何」

「ニュアンスで感じなさいよ」

「えへへ、冗談」

子供っぽい笑みを見せ、瞳が私の腕に抱き着く。彼女がこんな風にじゃれついてくるのは随分と久しぶりだった。

「私も、失敗は怖いよ。でも何も変わらないことの方が怖い。停滞して、自分がダメになるのが一番怖い」

「現状維持は停滞？」

「私にとっては」

パッと腕を離し、瞳は額に掛かる前髪を指先で払った。カールを描く焦げ茶色の髪が、夕日を浴びて透けている。

私は息を吐いた。襟ぐりから剝き出しになった鎖骨を撫で、もしもここにネックレスがあったらどうだろうと考える。意外と気に入るかもしれないし、やっぱり煩わしいかもしれない。

「私は多分、結婚したいって思ったらするし、したくないって思ってるうちはしない」

「御坂がプロポーズしてきても？」

「そうなったら、その時考える」

「このまま御坂とずるずる付き合って、それで結局ダメになったら後悔しない？　傷付かない？」

「分かんない、するかもね。でもやっぱり、どうしても自分の心を急かせない。瞳と違って、私は大人になる覚悟が出来てないのかも。もう三十過ぎたのに」

「私だって、覚悟なんてないよ」

「そうなの？」

「でも、飛び込むしかないって分かってる」

「変化を恐れず？」

「恐れて、期待して……どっちもかな。どっちの気持ちも多分、消せない」

「文聡君は、瞳を幸せにしてくれるのかな」

階段を上がる。立ち尽くす鳥居の群れを追い抜きながら、一段ずつ、ゆっくりと。

瞳は言った。

「幸せにしてもらう為に結婚するんじゃないよ。アイツを幸せにしたいの、私が」

あれだけ長かった階段の、その終わりが見えている。鳥居に寄り添うようにして生えた木の根もとを、ふんわりと苔が緑に色付けしていた。『火気厳禁』というプレートの張り付けられた外灯。祀られた石。売店の屋根。積み重なったいくつもの日常と非日常が、私達の世界を構成している。

「頂上だ」

ぱっと表情を明るくした瞳は、そのまま階段を駆け上がってしまった。そんな体力が残っているはずもなく、私はヘロヘロになりながらその後を追い掛ける。

息を切らしながらも頂上へと辿り着いた私に向かい、「見て見て」と瞳は社前の看板に張り付けられた紙を指さした。パウチ加工されたその紙にはパソコンで打ったようなフォントで『標高 233mH　山頂』と書かれていた。

「なんか、頂上感ないね」

売店と木々に囲まれているせいで街なみは僅かにしか見えないし、眺望で言えば四ツ辻の方がよっぽど良かった。だが、末広大神と崇められる上社神蹟はこれまで山中で見たお社の中で最も大きい。

いかめしい顔をした狐の像は半分ほどが黒く変色し、その前掛けは雨ざらしのせいですっかり色褪せている。社を構築する石材はどれも黒ずんでおり、奉納された鳥居の朱色の鮮やかさとは対照的だった。

ここには荘厳な美しさがある。

社の階段を上がり、どちらからともなく手を合わせる。そうしてしばらくの間、私たちは無言の時間を楽しんだ。先ほどは思いつかなかったのに、社の前に立った途端に願う内容はすぐに決まった。

これから先、妹が幸せに生きていけますように。

顔を上げた時、瞳は既に祈り終えていた。その首元で光るネックレスを一瞥し、私はたまにならアクセサリーをつけるのも悪くないかもしれないなと思った。下山したら、御坂に『昨日はごめん』と謝りのメッセージを送ろう。紙切れ一枚で成立する関係が無くたって、彼が私にとってこれからも一緒にいたい相手であることは変わらないのだから。

私の視線に気付いたのか、瞳が軽く目を細める。切り揃えた髪を耳の後ろへ追いやり、彼女はどこか晴れやかな表情で後ろを指さした。

「目的も達成したし、降りよっか」

「そうだね。アンタの新幹線の時間もあるし」

「別に、そんなの乗る便をずらせばいいんだよ。今はアプリで簡単に予約を変えられる」

「そうなの？」

「そうそう。お姉ちゃんってば、京都に引き籠り過ぎなんだよ。今度は東京に遊びに来てよね、お洒落な新居にするんだから」

鼻息を荒くして宣言する瞳に、私は笑いながら頷いた。瞳と文聡君が力を合わせて作り上げる空間は、きっと素敵だろうと思った。

重ね着が好きな瞳と、嫌いな私。

私たちは人生の大事な局面で、同じ選択肢を選べない。だが、時折であれば互いの肩にのしかかる透明な重荷を分かち合えるのかもしれない。

「ほらほら、早く行こうよ」

元気に階段を下っていく瞳の背に向かい、私は咄嗟に声を掛ける。

「下に着いたらさ、行きしに見た日本酒アイス食べない？」

「やっぱアレ、食べたかったの？」

「悪い？」

私の言葉に、「全然」と瞳は弾むように言う。赤いリップで彩られた彼女の唇からは、白い歯が覗き見えていた。

呪縛

一

『いい子』という言葉は、私を美しく飾り付けるアクセサリーであり、私を縛り付ける鎖でもあった。

二十五年前、里帰りした母の実家近くの小さな産院で私は生まれた。両親は同級生の親に比べると高齢で、長い不妊治療の末にようやく誕生したらしい。私を産んだ時、母は四十一歳。父は五十四歳だった。

当時の父は大手自動車メーカーの工場で働いており、母は地元の石材店で事務職をしていた。二人の職場は群馬にあり、お互いの実家から遠く離れていた。共働き家庭の一人っ子、現代ではごくありふれた核家族の家庭環境の中で私は育った。

父は六十歳で定年を迎えてからは再雇用となり、手取りが減ってからは母が大黒柱として働くようになった。年を重ねても両親は仲が良く、近所ではオシドリ夫婦として有名だった。パワフルな母親と優しい父親。私はそんな両親が好きだったし、両親も私を愛してくれていた。小学生の頃は学級委員に、中学生の頃は生徒会に所属していた。多くの人間が私を『いい子』と評しており、私自身もそのことを強く自覚していた。

そんな私の人生の転機は、高校一年生の夏に訪れた。交通事故に遭って骨折した父に、認知症の兆候が見られるようになったのだ。七十を過ぎた父の身体はみるみる衰え、介護が必要となった。母は働いて生活費を稼がねばならないため、必然的に私が介護を担うこととなった。ヘルパーの手助けがあるとはいえ、自由に使える時間は減った。

「お父さんの後のお風呂に入りたくないんだけど！」

「お母さんの作るお弁当、茶色すぎて萎える」

クラスメイト達が反抗期に相応しい未熟な不満を口にしている間、私はそれを随分甘えた人生だなと思いながら眺めているだけだった。多分、彼女達にはそう思っていたことは悟られてはいない。私は自分を偽装するのが上手かった。

その頃、ネットやテレビには『自分らしく生きよう』『ありのままの自分になろう』などと希望に満ち溢れた文言が飛び交っていた。だが、当時の私にはそうした言葉は空虚な理想論にしか思えなかった。

ありのままの自分とはどこにあるのか。絡まり合った糸を一つ一つ解くようにしがらみと理性を捨てていったならば、そこに残るのは搾りカスのような自我だけだろう。剝き出しの自我を『ありのまま』と呼ぶのが正しいのならば、私はそんな醜いものを他者に晒す自信はない。

私はいい子だった。主観的にも、客観的にも。介護や家事をすることについて誰にも文句を言ったことはなかったし、他人の悪口を口に出して言ったこともなかった。両親が私を愛してくれていることを恩に感じていたし、二人を支えることが今の私にできる唯一の恩返しだと信じていた。

私の青春時代の記憶には、常に老いと死の気配がある。

友人達がありふれた青春を謳歌している間、私は父と向き合い続けた。若者特有の無謀さや輝かしい可能性とは無縁の生活だった。部活はしなかった。習い事もしていない。校則を破ったこともなければ、恋人ができたこともない。母はよく私に、「したいことはない？」と心配そうに尋ねた。「限界だったらいつでも言うんだよ」と言う母の顔色は私よりもずっと悪くて、だから私はいつも「大丈夫」と答えた。事実、私は限界ではなかった。限界に近い場所でずっと低空飛行を続けているだけ。停滞する日々を繰り返すことが私の学生生活だった。

結局、第一志望だった東京の私立大学に進学するのは経済的にも難しくなり、地元の国立大学に進学することにした。大学は贅沢だと言われる時代に、奨学金を借りずに進学できたことだけでも有難いことだと理解していた。

大学生になってからも、父の介護を担当するのは私の役目だった。父は施設に行くことを激しく拒絶した。意識が朦朧としている時、父は私を他人と勘違いして殴りかかって来たり、罵詈雑言を吐いたりすることもあった。あれだけ優しかった父が変貌する様を見るのは辛かった。真夜中に母が涙ぐんでいるところも何度も見た。

日が経つごとに、父の認知症は悪化した。

父の手は節くれだっていた。日に当たらなくなって白くやせ細った手足には真っ青な血管が浮き上がっている。父がオムツの中にその手を突っ込み、幼子のように自身の排泄物を弄っていることもあった。布団や壁は汚れ、どれだけ掃除しても部屋に染み付いた糞尿の臭いは取れなくなっていた。

そんな状態の父を放置するわけにはいかず、私は大学を休学して介護に専念することにした。母は反対した。が、かといってそれ以外の解決策は見つからなかった。幸いなことに、大学の休学手続きは簡単だった。相談に乗ってくれた学生センターの女性事務員は「いつまでも待っていますから」と涙ぐみながら言った。身勝手な同情と純粋な優しさは紙一重だなと思った。

それから数か月後に父は家の階段で転倒し、身動きを取ることすら難しくなった。その頃にはもう意思疎通をとることは難しかったが、ほんの僅かな間だけ父が以前の父に戻ることがあった。「麻希、麻希」と父は繰り返し私の名を呟いた。

「ごめんなぁ、ごめんなぁ」

一人きりになると、私は己の人生について考えた。このままでいいのだろうか。だがしかし、老いていく哀れな父を独りにするわけにはいかない。思考は常に繰り返し。結論は先延ばしとなり、答えは出ない。波浪に襲われる岩岸の如く、己の可能性が削り取られていくのを感じていた。

父が亡くなったのは、私が二十歳の冬だった。心不全だった。

父の葬儀は私と母と母方の祖父母の四人で行われた。父方の祖父母は既に他界しており、それ以外の親戚も疎遠だったために来なかった。

火葬した後、小さくなった骨を骨壺に収めていると、急に涙が止まらなくなった。それが父が亡くなった悲しみからくるものなのか、或いは介護から解放された安堵からくるものなのか、私には分からなかった。喪服姿の母は嗚咽を漏らす私の手を強く握った。美しかった母の手の甲は、記憶の中よりも幾分か皺が増えていた。

「麻希がいい子で、本当に良かった」

私は何も言えず、親指の腹で涙を拭った。焼けた骨は軽く、小さかった。

その後、私は大学に復学して一人暮らしを始めた。定年を迎えた母は故郷の鹿児島で祖父母と共に暮らすという。家族で暮らしていた家は売却し、そのお金と母の貯金の一部を、私は新生活の資金として受け取った。三百万程あった。

そして二十四歳の時、私はようやく大学を卒業した。就職先は東京のＩＴ企業だった。

東京での新生活は錦糸町の１Ｋで始まった。家賃は管理費込みで九万円。駅から徒歩十二分、少し歩くとスカイツリーが見える。ニトリで買い揃えた家具はどことなく北欧の香りがし、私の気分を昂らせた。

「お母さん、久しぶり。元気だった？」

自宅のベッドの上に座った状態で、私はスマートフォンに語り掛ける。通話越しには祖父母の家で飼っているマルチーズの鳴き声が聞こえていた。

「嫌になっちゃうくらい元気よ。そっちはどう？　研修中なんでしょう？」

鹿児島で暮らす母は、娘相手の時でも僅かに語尾に訛りが混じっている。座椅子に移り、私はテレビの電源を消した。テレビ台に置かれたエアコンのリモコンには二十八度と表示されている。夏が到来し、家の中と外との気温差はますます激しくなっていた。

私の会社は入社して半年ほどの期間は新人研修に割り当てられていた。同期は百人ほどいるが、研修がグループごとに分かれて行われているせいで実際に距離が近いのは十人足らずといったところだ。偶に開催される同期の飲み会には私も参加しているが、これといって親しい相手はいない。世間話する程度の友人はいるけれど、職場以外では会うことはなかった。

「そこそこ慣れたよ。まぁ、普通かな」

「だといいんだけど、麻希って我慢しがちだから心配よ。辛かったらいつでもこっちに来たらいいんだからね。無理だけはしないように」

「うん、ありがとう」

「そういえば今日、平岡さんに会ったのよ。ほら、三つ隣の家の。そこの長女の桜ちゃんが結婚したって。覚えてる？」

「あぁ、よくピアノの練習をしてた」

「そうそう」

母の実家は田舎で、家と家の間隔は都会に比べると離れているほうだった。それでも防音対策がしっかりしているとはいえず、夕方になるといつもバイエルの練習曲が聞こえて来た。か細いピアノの旋律はしばしば躓き、途切れた。

「麻希にもし結婚したいって人が出来たら、ちゃんとこっちに挨拶に来てね。どんな人でもお母さんは反対しないから、秘密にだけはしないで」

「あはは、彼氏とかいないよ」

「これから出来るわよ。そういう年頃だもの」

息を吸い込む気道に、一瞬だけチクリとした痛みが詰まった。反論したいような気持ちが湧き上がり、しかし自分でも何に反論したいか分からない。

「そんなことよりさ、おばあちゃんたちは元気?」

それとなく変えた話題に、母は「元気よー」と乗って来た。それから幾らか世間話をし、私は通話を切った。

母との会話が終わると、部屋には静寂が満ちる。部屋着のまま、私はベランダの窓を開けた。むわりとした熱気が室内に入り込み、すぐに溶け込む。近くを走る首都高を眺めながら、私は大きく深呼吸した。臭いを通して排気ガスの不味さが口の中に広がり、その不愉快さが妙に心地いい。時折聞こえる救急車のサイレンが、街の喧騒に呑み込まれていく。

私も今年で二十五歳になる。二十代もそろそろ半分を終えようとしているが、私に恋人はいなかった。

中学生の頃はクラスメイト相手に仄(ほの)かな憧れを抱いたこともあった。しかし父の介護が始まってからはそれどころではなくなった。父を看取って復学してからも、そうした感情とは無縁だった。

そもそも、私は他人と恋愛関係になったことがない。それは別に恋愛を避けていたからではなく、告白する、されるというイベントが私の身の回りで起こらなかったからだ。学校の教科書では恋愛の仕方を教えてくれなかったから、どうしていいか分からない。私は男の人と抱きしめ合ったことも、手を繋いだことすらない。

私が知っている男の裸は、年老いた父のものだけだ。

肌に貼りつく生地が鬱陶しく、私はTシャツを脱ぎ捨てた。ハーフパンツも脱ぎ、下着のままベランダから外を眺める。肌に食い込む黒のブラジャーの下に人差し指を差し込む。固いワイヤーが、僅かに膨らむ乳房を支えていた。

私は自身の身体を見下ろす。一人暮らしを始めてから食事をとることが面倒になり、いくらか体重が落ちた。皮膚の下に無駄な贅肉はなく、腕を触ると筋張った感触がある。柔らかさはないが、無駄なものを削ぎ落したような鋭さと美しさが私の肉体に宿っていた。

胸から腹部にかけての抉れるようなくびれのラインや、滑らかな線を描く太腿の隙間。己の若く艶のある裸体を誰にも見せることがないかもしれないと思うと、ぼんやりと悲しくなる。さりとて写真に撮って残しておくほどの気概もなく、ただ下着姿のまま五階の窓辺で黄昏ることしか出来ない。

額に滲む汗を拭い、私は音を立てて窓を閉めた。外の熱気と混じり、室内の温度はすっかり生温くなっている。時計を見ると、時刻はまだ二十一時だった。

一人暮らしを始めてから、時間の流れが遅く感じる。前までは家族の分までしていた家事も、一人分になった途端に時間を圧迫することが無くなった。父が汚した下着や衣服を洗濯する必要も、家族分の食事を作る必要もない。与えられた自由は嬉しいものであるはずなのに、何故だかそれを苦々しく思う自分もいる。脳を空っぽにするのが怖くて夜は社内試験や資格の勉強に時間を費やしているが、それだってそこまで勉強する必要がないものばかりだ。

自分は何のために生きているのか。思考の裏にこびりつくモラトリアムの影に、心の底ではうんざりしている。


「今度の金曜さ、グループの同期メンバーで飲み会しようって話になったんだけど、井之頭(いのがしら)さんも来れる？」

そう同期の木下(きのした)に誘われた日は、生憎(あいにく)生理の二日目だった。

私にとって、生理は煩わしいものでしかなかった。一週間ほど毎日体内から血が出続けるだなんてゾッとするし、生理用ナプキンは地味に高い。夜用、多い日用、軽い日用と使い分けなければならないのも億劫だし、下腹部に走るズンと突き刺すような腹痛は鬱陶しい。

だが、私は木下の誘いに乗ることにした。金曜日には生理が終わっているはずだし、研修期間中は残業がない。

「行けるよ」

そう私が答えると、木下は安堵したように息を吐いた。

「良かった。じゃあ、終業後に集まってそのまま居酒屋に直行ってことで。何かあったらグループに連絡いれて」

木下はそう言って、他の同期メンバーに声を掛けるべく立ち去っていった。彼は確か、慶應義塾大学出身のエリートだ。幼稚舎からエスカレーター式で進学し、大学時代はラグビーサークルに入っていたらしい。立派な体格をしているのはそのせいだろう。同期の中では中心メンバーで、いつも洗練された格好をしている。

木下の他にも、同期の人間は皆育ちの良い者ばかりだ。そんな中にどうして自分のような人間が混じっているのか、不思議に思うことがある。場違いだと思われていないかと気にしていること自体が、場違いの証なのかもしれなかった。


そして金曜日。新卒のメンバーは定時に上がり、九人で居酒屋に向かった。個人経営の小さな居酒屋で、二階は貸し切ることが出来る。会社から近いため、社員には重宝されている店だった。

靴を脱ぎ、座敷に上がる。こぢんまりとした空間には長テーブルが二つ置かれており、皆で適当に詰めて座った。男性陣は生ビールを、女性陣はこじゃれた名前のカクテルを最初に頼んだ。私はウーロン茶にした。

飲み会での話題といえば、大抵は当たり障りのない仕事の話から始まる。アラカルトを食べ終えた辺りで酔いが回り始め、過去の醜態や恋愛話などで場が盛り上がる。あちらのテーブルでは日本の未来を憂う有志達が暑苦しく語り合い、こちらのテーブルでは大学時代の恋愛武勇伝を木下が披露していた。

「俺、大学時代は結構モテたんだよ。でも、今の彼女はこれまでの彼女とマジで違う。もう、とにかく俺に尽くしてくれて優しいの。いつかは結婚したいと思ってる。詩乃(しの)ー！　お前は運命の女だー」

酔っ払った木下の醜態に、周囲からはどっと笑いが起こった。木下が本当に酔っ払っているのか、それともウケを狙って彼女の名前を叫んだかは判断がつかない。あのノリが面白いと感じる感性は私にはないが、遠目に眺める分には問題がなかった。動物園の猿が透明な壁越しに唾を吐いて来るのを見るのと同じだ。自分に害がない限り、他人の低俗さは娯楽でしかない。

私はウーロン茶をちびちびと飲みながら、黙って話に耳を傾ける。その時、赤ら顔の木下が急にこちらに顔を向けた。突然目が合い、私の表情は一瞬だけ気まずさに歪んだ。

「そういえばずっと気になってたんだけど、井之頭さんって俺らより二年年上じゃん？　でも新卒ってことは、二年間何してたの？　留年か留学？」

「それか、私と同じで浪人したとか？」

木下の隣にいた女、水原がサングリアのグラスを傾けながら笑い掛けて来る。その頰は上気し、目元は蕩けている。先ほどから木下にボディタッチを繰り返しているのは、好意の現れなのかただのスキンシップなのか。私は赤いストローから口を離す。

「お父さんの介護のために休学してたの」

予想外の返事だったのか、テーブルは一瞬だけ静まり返った。私は返答を曖昧に濁さなかったことを後悔する。

木下は大袈裟なほどに沈痛な面持ちを浮かべると、から揚げを摘まんでいた箸を置いた。

「えー、それは大変だったね。いつから？」

「高校生の時から。ただ、大学の途中で状態が悪化して……私がやるしかないってなったから休学したの。お父さんはもう他界して、お母さんは実家に帰ったから今は一人暮らしだけど」

「なんか、大変なこと聞いちゃったね」

「気にしなくていいよ」

そう答えながらも、私の胸中では木下に対する仄かな苛立ちが芽生えていた。それは彼の眼差しの中に過剰な同情の色が含まれていたせいかもしれない。

全てを見通したように、木下は大きく頷いてみせる。

「俺の友達もそうでさ、大学卒業してから親と縁切ったって。マジで可哀想だった。井之頭さん、ヤングケアラーだったんだ」

隣にいる水原も、「井之頭さん、可哀想ぉ」と語尾を伸ばしながら頷いている。酔いのせいか正義感のせいか、「可哀想」と口にする彼らの両目にはどこか恍惚とした光が滲んでいる。

知らず知らずのうちに、私の喉は震えた。己が進んで行った仕事を押し付けられたと決めつけられる時ほど自尊心を傷付けられる瞬間はない。怒りと憤りとやるせなさがいっぺんに込み上げてきて、胸の内側で小さく爆(は)ぜた。花火のように散り散りとなった感情の残骸が、音もなく理性に呑み込まれる。

何も知らない癖に勝手に哀れまないで欲しい。そう考える一方で、客観的に見て自分がそう言われる立場であることも理解していた。

些細な気苦労を不幸と名付け、輝かしい青春を謳歌していた若者達。彼らに比べると私はきっと可哀想な境遇なのだろう。他人からそう言われるのは腹立たしいが。

手の中のグラスが、カランと音を立てる。氷が溶け、ウーロン茶が僅かに薄まる。

「木下も水原さんも、酔っ払って井之頭さんに絡みすぎじゃない？」

正義の心を燃やす木下と水原の会話に口を挟んだのは、先ほどから部屋の隅でクラフトビールを飲んでいた岡井だった。癖のある長めの黒髪を束ねた彼は木下に比べると体の線が細く、肌も白い。標準語を話す彼が、実は熊本出身だと噂で聞いたことがある。金色の細いメガネフレームが、彼に知的な印象を与えていた。

「えー、絡んでねぇって」

「そうそう。私は単純に仲良くなりたいだけ。井之頭さんってガードが堅いからさぁ、あんまり距離縮められた感じがしなくて」

「じゃあ自分の話をしたら。ほら、高校の時に料理部でコンロを爆発させた話とか」

岡井の言葉に、水原が唇を尖らせる。

「それは黒歴史だって」

「何その話。聞きたい聞きたい」

黒歴史と言いながらも水原ははしゃいだように自分の高校時代のことを語り始めた。それに木下は大袈裟な相槌を打っている。彼はどんな話でも熱心に聞いているような態度を見せることが得意だ。

話題が完全に逸れたことに安堵し、私はほっと息を吐いた。岡井に礼を言うべきだろうか。逡巡していると、不意に岡井がこちらを見た。透明なメガネレンズの奥で、彼の眼差しが静かに和らぐ。

顔が赤くなるのを感じ、私は興味もないのに大皿に残ったシーザーサラダを小皿に取り分けた。ドレッシングに浸かったクルトンは塩辛かった。

その後、飲み会はきっちり二時間で終了した。カラオケで二次会が開催されるようだったが、私は辞退した。他人と一緒に過ごす時間は嫌いではないが、飲み会のノリは長引くと疲れる。

「ちょっと待って、井之頭さん」

早く家に帰ろうと歩きだして数分後。脇道に入り、すっかり喧騒が聞こえなくなった頃、不意に背後から声を掛けられた。振り返ると、岡井がこちらに向かって走っていた。運動は不得意らしく、そのフォームはどこか不安定だ。

「岡井君、どうしたの？」

尋ねると、岡井は息を切らしながら「これ」と鞄から定期入れを取り出した。見覚えのあるデザインに、私は慌てて自身のポケットを探る。普段の定位置から定期入れが消えていた。

「落としてたみたいだから、困ってるかと思って」

「ごめん。わざわざ持って来てくれたんだね、ありがとう」

定期入れを受け取り、私は慌ててポケットへとしまう。そのまま解散かと思いきや、岡井は何故かその場に立ったまま動かない。

岡井とこうして二人で向かいあったことは初めてだったが、その背は高かった。私よりも、そして記憶の中の元気だった頃の父よりも。

私は岡井の顔をじっと見つめた。やたらと落ち着きなく眼鏡を掛け直していた岡井が、やがて意を決したように口を開く。

「あの、井之頭さんって今日はもう帰るだけ？」

「あ、うん。そうだけど」

「じゃあさ、二人でこれから喫茶店とか行かない？　俺、甘い物が好きなんだけど、さっきの店だと全然メニューがなかったからさ」

照れを隠すように、岡井が曖昧にはにかむ。私は自身の顔が勝手に熱を持つのを感じた。心臓の鼓動を誤魔化すように、私は俯いたまま頷いた。

「うん。いいよ」

私と岡井は共に地方出身ということもあり、ウマが合った。好きな映画や好きな音楽が似ていたし、騒々しい場所を好まないところも似ていた。二人は自然と連絡を取り合うようになり、真夏になる頃には一緒にいることが当たり前になっていた。互いに告白することはなかったが、「俺らって付き合ってる？」「そうじゃないかな、多分」という日常会話が二人の関係性に名前を付けた。

二人が付き合っていることは、同期の木下以外には秘密だった。岡井は私にとって初めての恋人だったが、殊更に浮足立つことはなかった。通話は週に一度か二度。土日の内、どちらかは会うことにする。岡井から提案されたルールに、私は忠実に従った。二人の関係は穏やかだった。手を繋いだりキスをしたりすることはあるが、肉体関係はない。私としては処女を捨てても構わないと思っていたが、岡井はそれとなく夜を拒んだ。

最初の頃は、女としての魅力が自分には不足しているのだろうかと落胆した。私が同性の裸体を見るのは大抵、大浴場の女風呂だった。若い女を見付けるとすぐに目で追い、自身の身体と比較する。豊かな胸、毛のない手足。それらの光景は、スマホで「美容整形」や「永久脱毛」と検索したくなる程度には私の心を掻き乱した。

だが結局、私がそれらを行動に移すことはなかった。岡井の前で裸を晒す機会がなかったからだ。二か月、半年と経つにつれ、私も次第に岡井はこういう男なのだと納得した。いや、納得せざるを得なかったと言えるかもしれない。岡井と私の間にある障壁は唯一それのみだったから、見て見ぬ振りをした方が楽だった。

受け入れてさえしまえば、セックスのない関係は快適だった。プラトニックな精神の愛撫を続けている内に、二人の関係はより日常の色が強くなった。


付き合って六か月記念の日は、有名ホテルのレストランのディナーを予約した。私は少し高めのワンピースを、岡井は髙島屋で買ったというスーツを着ていた。窓際の席からは東京の夜景が一望でき、白のクロスを纏ったテーブルには本物のキャンドルが置かれていた。大学生の頃には考えられない、豪華な空間だった。

「予約してくれてありがとう」

私の言葉に、岡井は「全然気にしないで」と微笑しながら言う。

岡井は私を喜ばせることが好きだった。この店をネットで探してくれたのは岡井だし、予約してくれたのもそうだ。私の家に遊びに来た時も率先して家事をしてくれるし、料理だって作ってくれる。

結婚に向いている人って、きっとこういう相手なんだろうなと思う。セックスしないこと以外、私達の間に何一つ障害はなかった。ぬるま湯のようなこの関係を、恋愛と呼ぶかは定かではないけれど。

グラスに注がれたシャンパンは、ゴールドに輝いている。余裕に満ち溢れた、幸福の象徴のような色。

テーブルに運ばれるコース料理を一皿ずつ楽しみながら、二人はのんびりとした時間を過ごした。ホテルのディナーの後は私の家に泊まる予定だった。同じベッドに入り、そのまま一緒に眠る。そこに性の匂いがないことを、私は受け入れ続けるべきだろうか。

「麻希はさ、もっとありのままの自分を出してもいいと思うよ」

メインディッシュであるステーキの皿が運ばれた後、銀色のナイフを操りながら岡井は言った。その顔は赤く、酔いが回っているようだった。

「なに、急に」

「麻希ってしたいこととか食べたいものとかあんまり言わないからさ。もっと自分の欲求に正直になってもいいんじゃないかなって思っただけ。俺相手に我慢しなくてもいいんだからさ」

ステーキの上にはフォアグラが載っている。岡井はナイフで切り分けようとしたが、上手く切れずに苦戦していた。ナプキンに茶色の飛沫(しぶき)が僅かに散る。私は一口分に切ったステーキを口に運んだ。舌の上でトリュフがじわりと溶けていく。

欲求。

その言葉を聞いた時、私の頭に真っ先に思い浮かんだのはセックスのことだった。だが、岡井が求めている欲求とはそのような内容ではないのだろう。私は皿の上に溜まるステーキソースに、フォークの先端で線を引いた。

「ありのままの自分を見せるのって、怖くない？」

「麻希は自分の欲求を人に伝えるのが苦手だよね」

「そのせいで人をガッカリさせるのが嫌なの」

その思考は私の肉体に染み付いた呪縛だった。父親の介護をしていた時、私は環境に縛られていた。そして大人になった今は、過去によって縛られている。

眼鏡のレンズを軽く持ち上げ、岡井が柔和に微笑する。その手の中にあるナイフがキャンドルの光を反射して煌めいた。

「俺はそんなことで嫌わないよ。だから、信じて」

私はじっと岡井の顔を見つめた。自分を抑圧して生きるのは得意だったが、それが誰の為になるのかを考えた。ありのままの自分。青春時代、何度も繰り返し見聞きした言葉が頭の中から離れない。

人を信じるのは怖い。信じて、それで裏切られてしまったらどうする。

「……少しずつね」

本音を濁した私の答えに、岡井は「今はそれでいいよ」と穏やかに頷いた。彼は優しい人間だった。どんな時でも、どんな相手にでも。

二

付き合って一年になっても、私達は相変わらずの交際を続けていた。同じゼミだった女子が結婚するという知らせを受け、ご祝儀を包んだりもした。結婚式に参加して友人の花嫁姿を見る度に、結婚という二文字がいよいよ確かな手触りを持って私の前に現れる。

母に彼氏がいると話すと、花婿候補に早く会いたいとソワソワし始める。私はそれを満更でもない気分で宥めながらも、心のどこかに引っ掛かりを覚えている。

私は本当に、岡井と結婚してもいいのだろうか。世の中には肉体関係を結んでいない恋人や夫婦だっているだろう。そもそも、性欲を持たない人間だっている。岡井を受け入れる理由を挙げればいくらでもあった。

今の私の日々は満ち足りている。足りないものを求めるなんて、欲張りすぎるだろうか。

「なんか、木下が彼女を連れて四人でバーベキューしたいって言ってるんだけど」

そう岡井が言ったのは、入社して二年目の夏の日のことだった。木下は私と岡井と同じ配属先であったため、話題によく上がっていた。木下の彼女である詩乃という女の名前は、同期の間では有名だった。飲み会で木下がいつも惚気ているからだ。

どうして自分達を誘うのかと訝しんでいる私に、「その子、女の子の友達が全然いないんだって。だから麻希と会いたいらしい」と岡井は言った。わざわざ『女の子の』と強調するところが気になりはしたが、私はその提案を受け入れた。社会人になると友達が作りにくい気持ちは理解できたから。

そして当日。屋外のバーベキュー場で木下から恋人だと紹介されたのは、儚い見た目をした女だった。艶のある黒髪のボブに、柔らかな素材のシフォンブラウスと白のスカート。どこにでもいそうな服装をしているにもかかわらず、そこから醸し出される気弱そうなオーラは隠し切れない。率直に言うと、幸が薄そうな容姿をしている。

「茅原詩乃だよ」と木下が言う。詩乃ははにかむように目を伏せた。

「入社してすぐぐらいの時期に付き合ったんだ。もうとにかくめちゃくちゃいい子でさ。俺と同じ大学出身で、同い年。学部もサークルも違うから、通ってた頃は接点なかったんだけどさ」

木下の言う通り、詩乃はとても気配りの出来る女だった。紙皿が足りないと私が気付いた時にはビニール袋から取り出していたし、焦げ付きそうになると金網から皿へと肉を移した。私も手伝おうとしたが、「大丈夫」と笑顔で牽制されてしまった。

焼肉のたれに牛肉を浸し、私は黙々と肉を食べる。木下はこういう時に張り切るタイプらしく、具材を網にどんどんと載せていた。

「詩乃ちゃんってお嬢様っぽい」

岡井の言葉に、詩乃は「全然そんなことないよ」とコロコロと弾むような声で言った。露骨に可憐さが滲み出ている声だ。

「詩乃は石川出身なんだよ。大学から上京したらしくて」

「二人はなんで付き合うことになったの？」

「それが……いや、勝手に言っちゃまずいか」

木下がわざとらしく口元を手で押さえる。焼けたウインナーを口に運んでいた詩乃は何度かそれを咀嚼し、呑み込んだ。

「話していいよ。私は全然気にしてないから」

「そうか？　いや、実はさ、詩乃ってば前の彼氏からＤＶを受けてたらしいんだよ」

「ＤＶ？」

驚きが思わず口を衝いて出た。詩乃は少し困ったように眉尻を下げると、「そうなんだ」と頷いた。

「これは正広君にも話したことがあるんだけど、私ね、良くない人と付き合っちゃうことが多いんだ。高校生の時の彼氏もモラハラだったし、大学生の時に付き合ってた彼氏は急にＤＶするようになって……それで相談したら、正広君が助けてくれたの。前の彼氏と距離を取るように言ってくれて、私を守ってくれて」

守ってくれて、の辺りで詩乃はうっとりと木下の顔を見上げた。恋人の過去の彼氏についての話題だというのに、木下には気にした様子がない。騎士気取りというわけだ。

「その……詩乃さんはそういうタイプの男の人が好きなの？」

「呼び捨てでいいよ。私の方が年下だし」

「あぁ、うん」

「私も麻希ちゃんって呼ぶね」

急な距離の詰め方に私はたじろぐ。黒髪を指に巻き付け、詩乃は目を半弧に細めた。

「おいおい、そういうタイプが好みとか言ったら俺もＤＶすることになるじゃんか」

木下が茶化したように言い、場に小さな笑いが起きる。

「私は暴力を振るう人も暴言を吐く人も嫌いなんだけど……なんでかな、気付いたらそうなっちゃってるの」

「詩乃はいい子だからさ、ヤバい奴が寄って来るんだと思う。優しすぎるんだよ」

「全然、いい子なんかじゃないよ。そう言ってくれる正広君が優しいの」

二人の惚気を見せつけられ、私と岡井は顔を見合わせた。付き合い始めた頃から今まで、自分たちはこうした甘ったるい会話を交わしたことがなかった。

用意していた肉を粗方(あらかた)焼き終えた頃には、私はすっかり満腹だった。「ちょっとトイレに行ってくるね」と岡井に声を掛けると、何故か詩乃が「私も一緒に行っていい？」とついて来た。五センチヒールのパンプスを私が履いていることを差し引いても、詩乃は小柄だった。百五十センチもないのではなかろうか。茶色のペタンコ靴はあからさまに安物だが、それが彼女の幼い雰囲気に合っている。

「ねぇ、連絡先教えてもらっていいかな？」

「いいけど」

「やった。私、麻希ちゃんと友達になりたくて」

伏せていた長い睫毛が持ち上がる。こちらの様子を見上げるようにして窺う詩乃の態度は、明らかに御(ぎょ)しやすそうに見えた。貴方の方が上だと最初から開示し、マウンティングを放棄する。

シフォンブラウスの胸元は豊かな曲線を描いており、幼さの残る顔立ちと肉体が如何にもアンバランスだ。木下はこういう女が好きなんだなと思った。

「麻希ちゃんと岡井君と正広君って同じ職場なんでしょう？　凄いね、バリバリ働いてて」

「そうでもないと思うけど。詩乃は何の仕事をしてるの？」

「実はニートみたいな感じなんだ。ちょっと前までバイトしてたんだけどね。元カレがバイト先まで私を探して来ちゃったから、正広君が辞めろって言ってくれて」

「就職はしなかったの？」

「それがね。大学生の時に付き合ってたその元カレに仕事には行かないでくれって頼まれてたの。大学を卒業したら結婚して専業主婦になってくれって」

予想外の展開に驚く。もしも恋人がそんなことを言ってきたら、私ならば警戒する。経済手段を奪われるということは、自立する術を失うということだ。

黒髪の毛先を指先で払い、詩乃は肩を竦めた。

「その彼氏、見栄っ張りで散財してて、借金もあって。なのに私が外でお金を稼ぐのを嫌がってたんだ。それで、こっちが必死で頼み込んでバイトなら許すって言ってもらったの」

「なにその男」

「ね。でも、何年も付き合って情もあったし、好きだったから」

「好きだからって許せないことはあるでしょ」

「麻希ちゃんはそういう男とは付き合わなさそうだよね」と詩乃が目を細める。どこか自嘲気味に、彼女は口角を引き上げた。

「元カレが社会人になってから、家の壁を殴ったり、私の首を冗談で絞めたりするようになったの。これは流石におかしいんじゃないかって思って悩んでた時に相談に乗ってくれたのが正広君だったんだ。すぐに別れろって言ってくれて、それで今は正広君の家で一緒に住んでるの。だから今は、正確に言うと家事手伝い、かな」

深刻にならないよう軽い調子で告げられた詩乃の言葉に、そういう生き方もあるのかと私は思った。木下と同じ慶應出身ということは高学歴だろうに、彼女はそれを恋人のために無駄にすることを厭わない。

「だから木下君のこと好きなの？」

私の問いに、詩乃はその両目を僅かに細める。艶のある黒髪が彼女の肩の上で揺れた。

「それもあるかな。あと……正広君とは、相性がいいから」

「相性って何が？」

「それはほら、アレだよ。夜のやつ」

最初は分からなかったが、歯を覗かせて小さく笑う詩乃の表情にピンときた。何故かこちらの顔が赤くなる。

「詩乃ってそういう話も普通にするんだね。なんか意外」

「ふふ、女同士だからだよ」

詩乃はそう言って、私の前を軽やかに歩いた。幼気(おさなげ)な顔立ちの彼女ですら既にそうした経験をしているという事実に、私は密かに衝撃を受けていた。


トイレを済ませた後、私達は他愛もない話をしながら岡井と木下の元へと向かった。二人は後片付けをしている最中で、白くなった炭をバケツへと移していた。だらだらと交わされる低いトーンの会話が、私の耳元まで届く。

「ってかさぁ、井之頭さんってあんまいい子じゃないのな。介護してたっていうから家庭的な優しい子かと思いきや、女の子なのに全然食事の準備も手伝わねぇし。詩乃ばっかり働いてたじゃん」

「麻希はあんまりアウトドアとか好きじゃないから」

「好きじゃなくても喜んでるフリくらいして欲しくね？」

「俺は別に」

「相変わらず尻に敷かれてんねぇ。岡井って、モラハラっぽい女ばっか好きになるよな。Mなんじゃねぇの」

それが揶揄交じりの言葉であることは、彼の明るい声色から窺えた。岡井は「そういうのじゃないって」と冗談と嫌悪の境目のような声で否定した。そういうのって、何だろう。聞かなかった振りをするのが、私に求められている振る舞いだろうか。

――麻希はさ、もっとありのままの自分を出してもいいと思うよ。

不意に、半年前に告げられた岡井の言葉が蘇る。ありのままの自分。それが何かは分からないが、岡井に対する腹立たしさが衝動となって口を衝いた。

「介護を家庭的かどうかの尺度にするなんて、浅はかなんじゃないの」

驚くべき速度で木下がこちらを振り返る。その顔は一瞬だけ焦燥に歪んだが、すぐさまいつもの愛想のいい笑顔に切り替わった。

「二人共戻って来てたんだ。ゴメンゴメン、さっきのは冗談だから。な、岡井」

「勝手に木下が喋ってただけ。後片づけはもうほとんど終わったから」

岡井の慌てた態度に、少しだけ胸がすく思いがした。黙り込む私とは対照的に、詩乃が猫撫で声を上げる。

「本当だ。二人共ありがとう！　仕事が早くてすごい！」

　恋人からのオーバーな感謝の声に、木下の動揺も収まったようだった。「コンロを戻すの手伝ってくれる？」と詩乃に声を掛け、二人は受付の方へと移動していった。木下が何かを言う度に、詩乃は媚びるような相槌を打つ。なんか、そういうお仕事みたい。喉まで出掛かった言葉を呑み込む。良くない感想だとすぐさま自省した。

　私はテーブルに残っていたペットボトルを数本拾い上げると、設置されているゴミ箱に入れる。岡井がこちらに近寄って来た。彼の身体が作る影が、私の身体を呑み込んでいる。

「さっきの木下のやつさ、ごめんね。嫌なこと聞かせて」

「別に、岡井君が謝る必要ないよ」

「でもなんか、嬉しかった。麻希があいうことハッキリ言うの、初めて聞いたから」

　その言葉に、私は顔を上げた。彼の黒い瞳は澄み切っていて、嘘を吐いているようには見えない。

　自分の正直な気持ちを口にして褒められたのは初めてだ。くすぐったい気持ちになり、私は思わず頰を搔いた。意味もなく一歩前に進むと、柔らかな地面に靴跡が付いた。

　そのバーベキューの日から、私と詩乃は友達となった。詩乃は連絡をこまめにとりたがるタイプで、SNSでのやり取りを好んだ。彼女から送られてくる情報の多くは私にとってはくだらないもので、例えば新しいゲームを買ったという報告だったり、最近ハマっているアニメの感想だったりした。

　それを煩わしいと感じる人間もいるだろうが、私の場合は逆だった。同性の友人と毎日メッセージのやり取りをするという経験が初めてで、些細な報告にも浮足立った。

　詩乃は気配りの人だった。仕事で疲れたとメッセージを送れば、優しい言葉で労わってくれた。何かしらの記念日には小まめにお祝いの言葉を送ってくれ、こちらが送らなくとも気にしない寛容さも持っていた。

　私と詩乃が土日に会うことはなかった。岡井は自分がいない場にも私を快く送り出してくれるが、木下の方は違った。彼は詩乃が自分以外の人間を優先して行動することを嫌がった。土日は必ず一緒に過ごすというのが木下と詩乃の間で交わされたルールで、私はそれを尊重した。

　そういうわけで、私と詩乃が会うのは平日に限られていた。私は詩乃と会うために午後休や有休をとるようになったし、その時間の使い方に満足していた。二人でいる時は大抵、安いチェーンの喫茶店で話をした。詩乃の懐が痛まないようにという気遣いだったが、詩乃はどこに行っても笑みを浮かべた。貴方と一緒にいられて嬉しいです、と最大限にまでアピールする表情だった。

　私と詩乃との関係が良好な一方で、私と岡井の関係は一つの転換期を迎えていた。

「岡井君、話があるの」

　二人が付き合ってから、二年が経っていた。

　私の部屋でくつろいでいた岡井は、座椅子から身を起こす。クーラーに冷やされた部屋はひんやりと寒かった。壁に掛かったカレンダーは、八月を示している。今日は土曜日、一週間の終わりを予感させる日。

私は二十七歳になった。仕事にもかなり慣れ、実績をいくつか積んだ。少しだけ給料が上がった分、長期休暇の時には二人で旅行に行ったりもした。夜景の綺麗なホテルのジュニアスイートに泊まり、私達は手を繋ぎ、キスをした。

だが、それでもセックスしたことは一度もなかった。

Tシャツの上から、私は自身の腹を擦る。薄い皮膚の下に、肋骨の形が浮き出ている。更に下へと指を辿ると、柔らかな感触が返って来る。生理時になると、いつも子宮が痛みで疼く。命になりそびれた卵子が血にまみれて股から流れ落ちる。その度に、私は自分の時間を無駄にしたような錯覚を覚えた。

このままでいいのだろうか。見て見ぬふりしていたはずの不安の炎がふとした瞬間に立ち上がる。それは詩乃と木下の結婚話が進んでいるという話を聞いた時であったり、大学時代のゼミの友人の何人かが既に出産していることに気付いた時であったりした。

「無痛分娩にしたいんだけど親から反対されてるの」

「妊活してるんだけど、やっぱ会社辞めた方がいいのかな」

世間話として繰り出される友人たちの会話を聞く度に、私は己がひどく惨めな存在であるように思えた。

長い間付き合っている人間がいるにもかかわらず未だに処女であるという事実は、もはや笑い話として提供するにはポップさを失っており、だからといってシリアスな悩み話として持ち出すには深刻さが不足している。

正直に言えば、かつての私は「ワンナイトしちゃった」などと下品な自慢をする女達を軽蔑していた。だが、今の自分の状況を冷静に分析すると、倫理観の欠如は時として必要だったのかもしれないと思い始めている。

「私ね、岡井君とセックスしたいの」

明け透けな言葉に、岡井の表情が大きく歪んだ。蛇口を閉めるのが甘かったのか、シンクの方からはぽたりぽたりと水滴が一定のリズムで落ちている。冷房の効いた部屋に熱はなく、肌寒さすら感じられた。

「なんで？」

岡井の声は固かった。私は座ったままの彼の足元にしゃがみ込む。無印良品で買ったパジャマは、私の家に泊まる時用に用意したものだった。黒いTシャツに、あっさりとしたデザインのハーフパンツ。筋肉のほとんどついていない彼の足は、若さ特有の瑞々(みずみず)しさを持っている。

「なんでって、理由なんているのかな」

私は、セックスがしてみたい。その衝動に理由などなく、多分肉体の深い部分に根付く本能に近いものだった。そうした欲求を持つことは恥ずべきことだと子供の頃は学校や社会に言外に刷り込まれてきた。だが、私はもう大人だ。性欲を浅ましいと敵視し続けるには、あまりに現実を知り過ぎている。

「前にさ、岡井君が言ってくれたよね。ありのままの自分を見せてって。もっと自分の欲求を言って欲しいって」

「それは……確かに言ったけど」

「私、岡井君とセックスしたい」

Tシャツの上から私は下腹部を撫でた。薄い、肉の無い腹だった。

私の脳裏にこびりついているのは、老いた父親の裸体だった。乾燥した皮膚は弛み、その表面には染みがいくつも出来ていた。細い枯れ木のような腕。血管の浮き出た足。

私が幼い頃、父の肌は瑞々しかった。程よい脂肪を蓄え、ハリがあった。だが、時間の経過と共にそれらは失われた。歯を無くした父は一気に老け込み、乾いた唇は不明瞭な声を漏らすだけとなった。

私にとって、老いるとはそういうことだった。糞尿を垂れ流し、言葉を失い、いつか死ぬ。子供でいられる時間は短く、己の若さが永遠だと妄信できる時間はさらに短い。

「麻希は子供が欲しいの？」

岡井の声は冷静だった。私は半袖のTシャツを脱いだ。ユニクロで買ったブラトップのキャミソールから真っ白な肌が晒される。鎖骨の窪みには浅く影が溜まっていた。

「分からない。でも、このままだと後悔するってことだけは分かってる」

そのまま、私はパジャマを脱いだ。繊細なレースが編み込まれた青色の下着は、通販サイトで買ったものだった。自身の下半身を擦りつけるように、私は岡井の太腿に跨った。

岡井の喉が震えた。その出っ張った喉仏に、私は軽くキスをした。

「やめて」

拒絶するように、岡井が私の身体を突き飛ばす。勢いは弱かったが私は後ろへと倒れ込んだ。長い黒髪が、カーペットの上に散らばる。

部屋に置かれた全身鏡には、惨めに這いつくばる女の姿が映り込んでいた。

私は床に転がったまま、岡井の顔を見上げる。視界はぼやけていた。「なんで」と口にした声は思ったよりもずっと相手を咎める響きをしていた。印象派の絵みたいに光と色が滲んだ世界の中で、岡井らしき肌色が頭部を左右に振った。

「ごめん。ごめん。本当にごめん。でも俺、これだけはダメなんだ。気持ち悪くて」

「気持ち悪いって、何が」

「性行為が」

これまでの苦悩の原因が、己になかったことに私は愕然とした。それならばもっと早くに言ってくれたら良かった。セックスが嫌いだと明言してくれていたら、こんなことにはならなかったのに。

受け入れることができないのなら、最初から期待させないでくれ。

だが、そうやって責め立てる権利がないことも、私は自覚していた。セックスのない関係に甘えていたのは、自分も同じだからだ。

「じゃあ、最初から私とセックスするつもりはなかったってこと？」

「違う」

岡井は震えたまま俯いている。

「大人になったら出来るようになるって思ってたんだ。麻希と付き合い始めて、この子ならいつかは大丈夫になるかもしれないって。でも……無理だった」

岡井は顔を歪め、布団代わりに使っていたバスタオルをベッドから引っ張り出した。それを私の身体に巻き付け、タオル越しに強く抱き締める。

「俺を信じろって言ったのに、麻希にこんなことさせてごめん。追い詰めてごめん。多分、ここが俺達の限界だったんだ」

「それって、」

私は岡井を見た。長い前髪の下に、岡井の双眸が見える。最初に互いを意識し始めたあの日と変わらない、純真な眼差しをしていた。

「別れよう。俺じゃ、麻希を幸せにできない」


そんな凡庸な台詞で、私達の二年に及ぶ交際は終止符を打った。二人は永遠に良き友人でいることを誓い合ったが、そんなものには何の拘束力もないことを互いに理解していた。岡井と別れてから、私の休日は空虚だった。当たり前に埋まっていた予定が失われ、時間的な空白が私の精神を圧迫した。

本当にこれで良かったのだろうか。母も岡井との結婚を期待していたのに。

だが、あのまま岡井に無理強いすることはできない。一方的な欲をぶつけることは相手の尊厳を傷つける行為だ。性的欲求を持たない人間はいて、そういう人間と私は相性が悪かった。ただそれだけ。本当に、ただそれだけのことだったのだ。

「二人、別れちゃったんだ」

私が詩乃に破局を報告すると、彼女は目を丸くした。ファミレスではひっきりなしにBGM

が流れており、いい塩梅で私達の会話を掻き消してくれていた。ドリンクバーで頼んだウーロン茶を、私はグラスに口をつけて一気に飲み干す。

「お似合いだったのに、なんで？」

「正直に言うと、夜の方向性の違い、かな」

「そんな解散するバンドみたいな……でもまぁ、大事なことではあるよね」

詩乃の持つカップからは、作り物めいたストロベリーティーの香りがする。詩乃は紅茶が好きらしく、彼女のソーサーの上には使い終わった後のティーバッグがいくつも置かれていた。

「なんか最近、疲れちゃったかも。色々と一生懸命やってきたけどさ、結局私に残ったものは何なのかな？　っていう」

「麻希ちゃんはいろんなものを持ってるよ。仕事も、後は友達も」

「最近会ってる友達なんて詩乃ぐらいだよ。東京で就職した友達も地元に帰ったり、遠方に住んだり……。職場の同期も、結局ただの仕事仲間だし」

「じゃあ、お揃いだね。私もこんなに仲良くしてる友達は麻希ちゃんしかいないもん」

さらりと告げられた言葉に、私はティラミスをすくう手を止めた。銀色のフォークの表面には苦みのあるココアパウダーが付着している。「お揃いか」と呟く声がテーブルの上で弾んで消える。

「麻希ちゃんは素敵な人だからさ、岡井君以上にもっと良い人と出会えるよ。タイプとかないの？」

「タイプ？　うーん、あんまり。そもそも岡井君以外に付き合ったこともないし」

「それじゃあ、マッチングアプリはどうかな。実はさ、私と正広君が会ったのもアプリがきっかけだったんだよ。私がアカウント作ってあげる」

スマホを差し出すと、詩乃は手慣れた様子で設定を終わらせた。アイコンの写真は詩乃と植物園に行った時のものだった。

「二十七歳だし、『いいね』がいっぱいくると思う。麻希ちゃんって真面目な性格だから、遊び人の既婚者とかに騙されないようにだけ気を付けてね」

私を案ずるための言葉だと分かっているのに、何故か胸にチクリと刺さった。

本当の私は、詩乃の思っているような人間じゃない。

思ったことが口から漏れていたのか、「え？」と詩乃が首を傾げる。聞き取れてはいない様子であることに安堵し、私はグラスを摑んで軽く揺らした。その表面はすっかり汗を搔いている。

「ううん、なんでもない。詩乃はこういうの使うの、慣れてるの？」

私の問いに、詩乃は「少しだけね」となんてことない声音で言った。儚げな見た目に反し、彼女が色々と経験豊富なのは間違いなかった。

詩乃の説明通り、私のマッチングアプリのアカウントには『いいね』が殺到した。全ての人間のプロフィールに目を通すことは不可能で、途中からはアイコンの写真ばかりを見ていた。

詩乃は遊び目的の男に気を付けろと言ったが、私はむしろそうした男を積極的に選んでメッセージのやり取りをした。私の目的は恋人を作ることではなく、手っ取り早く私の抱える課題を達成することだった。処女であるというコンプレックス。これを消し去ることは、今や私の悲願だった。

結局、メッセージをやり取りした中で最もこうした行為に慣れていそうだと感じた男と、会う約束をした。待ち合わせは池袋駅。やって来た男は色白で、身体の線が細かった。性の匂いがしない、中性的な容姿。その雰囲気はどこか岡井に似ていて、自分はこういう男が好みなのかもしれないと思った。力があまりなさそうで、フィジカルで戦った時に私でも勝てそうな男。

予約していたビストロに入り、私達は数杯カクテルを飲んだ。二次会の話は出ず、暗黙の了解の流れで愛を意味する言葉を頭につけたホテルに行った。私は相手の本名も住んでいるところも知らず、把握している情報といえばアプリに登録しているニックネームだけだった。

ホテルでは私が先にシャワーを浴びた。設置された鏡に映る私の裸体は美しかった。肌は瑞々しく、腹部はきゅっと引き締まっている。水が伝う足の甲、その指先には赤色のペディキュアが塗られていた。

ホテルに用意されていたバスローブを羽織り、男がシャワーから出て来るのを待つ。バスローブなどというものを着たのはこれが初めてだった。時間が経つほどに落ち着きがなくなり、私はベッドに座ったり立ったりを繰り返した。シャワーから出た男にそれを目撃され、「何してるの」と笑われた。

「こういうの初めてだから緊張してるの」

私が正直にそう言うと、男は驚いたように目を丸くした。それからやや間があり、「言ってくれてありがとう」と彼はこちらを安心させるような口調で言った。今までもこうした経験があるのだろうとすぐに悟った。不思議と嫌悪感はなく、評判のいい医師の手術を受ける直前のような奇妙な安心感があった。

二人で同じベッドに入ると、やることは一つだった。私の身体に被さっていたバスローブが床へと落ちる。男が私の身体に触れる度に、艶めかしい声が勝手に口から漏れた。

「ゴムつけなくていい？」と男は私に覆い被さりながら言った。私は黙っていた。こういう時の正解を知らなかったから。男はふっと口元を緩め、「怖がらないで大丈夫」と言った。沈黙は不安として捉えられたようだった。私は男を受け入れた。どうとでもなれと思っていた。

男が慣れているせいか、初めてのセックスだというのに痛みはほとんどなかった。むしろ、衝動に流される感覚は心地良かった。理性のブレーキは消滅し、快感だけが全身を支配する。そこにあったのは生々しくも瑞々しい、剥き出しの欲だった。

これまで私の思考にピタリと貼りついていた死の気配は遠ざかり、命が躍動する感覚が全身を駆け巡っている。男が動く度に、私は己が女であることを自覚する。ベッドで臥せっていた老いた父の記憶が遠ざかる……。

その瞬間、私の意識にあったのは目の前の男のことだけだった。私は密着する男の背に腕を回す。はしたないと思うような行為も、この空間では許されていた。名前も知らない男の前で、私は新たな『私』と出会った。衝動だけで構成された、剥き出しの私。

セックスの後、私がベッドで横になっていると男は部屋に備え付けられていた紅茶を淹れてくれた。まだ色の出る使用済みのティーバッグはゴミ箱へ捨てられた。

「またエッチしたくなったら連絡して」

別れ際、男はあまりに明け透けな言葉を吐いた。私は頷いた。だが、この男に連絡することはもうないだろうと思っていた。あんなにも激しく私の中に噴き上がっていた焦燥は、一度の経験ですっかり鳴りを潜めてしまった。

夜のホテル街を、私は歩く。アスファルトで舗装された道路に、コツコツとヒールの足音が響き渡る。私はポケットからスマホを取り出すと、マッチングアプリをアンインストールした。

胸に満ち溢れる、達成感と満足感。己の生き方を、初めて自分の力で選択出来たような気がしていた。

三

「実はね、正広君が最近変なの」

そう詩乃から相談を受けたのは、それから一週間後の木曜日のことだった。カフェのボックスシートで、二人は向かい合って座った。私はMサイズのキャラメルマキアートを頼んだ。岡井がよく飲んでいたメニューだった。

私はマッチングアプリの件について詩乃に話していなかった。彼氏でもない男のことをわざわざ話す必要性を感じていなかったし、詩乃の中にある私のイメージをわざわざ破壊するのは憚られた。

「変って？」

ストローを強く吸うと、生クリームの甘ったるさが口の中に広がる。詩乃は前髪の下で眉尻を垂らしている。

「あたりがきついんだよ。実は正広君、お金が全然なくてね。友達付き合いで使い過ぎてるんだと思うんだけど、通帳見たら残高がほとんどなくて」

「ええ？　こう言っちゃなんだけど、ウチの会社って結構給料いいよ」

「だよね。はぁ、本当、なんでこうなっちゃったんだろう」

深々と溜息を吐き、詩乃は僅かに背中を丸めた。周囲に聞かれないよう、彼女はぐっと声量を落とす。

「ここだけの話ね。ちょっと前に私の生理が来ないことがあってさ、妊娠したんじゃないかって話になったの」

「えっ。詩乃、赤ちゃんできたの？」

「そうみたいなんだけど、すぐ流れちゃったの。検査薬では陽性だったんだけど、超音波検査だと分からなくて……。そういうの、化学流産っていうんだってね。私、すっごくショックで……だけど、安心もしたの。まだお母さんになる心の準備が出来てなかったから」

何と言っていいか分からず、私は神妙な面持ちで頷いた。妊娠なんて生々しい言葉が童顔の詩乃の口から出て来たことがなんだか奇妙だった。

「麻希ちゃんはさ、いつか子どもが欲しい？」

「え？」

男と違い、女は妊娠すると変化する肉体に多くのことを縛られる。私の精神はまだまだ未熟で、自分よりも未熟な存在を受け入れるキャパシティが無い。

セックスをしたいと思ったことはあっても子供が欲しいなどと思ったことは一度もない。その思考をゆっくりと紐解いていくと、もしかすると過去の自分の環境に起因しているのかもしれない。私は、自分の子供を過去の私のような目に遭わせることを恐れているのだろうか。自分の胎内に新しい命が宿るだなんて、想像するだけでゾッとする。

「欲しいとか欲しくないっていうより、相手がいないからね」

曖昧に濁した返答に、詩乃は「そっか」と頷いた。彼女は少し気まずそうに目を伏せる。

「私は子供が出来たら結婚したいって前々から話してて、その時のことがきっかけで正広君と結婚について真剣に考えるようになったの。『結婚を考えてるならこの貯金じゃ無理だし、私も働く』って言ったら、正広君が急に怒りだして。『俺の稼ぎが悪いって言いたいんだろ』って家にあった目覚まし時計を壁に向かって投げつけたの」

痴話喧嘩と片付けるラインを大幅に超えている。「流石に怖くない？」と眉を顰めた私に、詩乃はどこか冗談染みた動きで天を仰いだ。

「だよね？　付き合ってちょっと経ったあたりから若干モラハラっぽい発言が出てたんだけどさ。でも、物を壊したのは初めてで。いや、正広君が本当はいい人なのは分かってるの。たまたま苛々してたって平謝りだったし」

詩乃の物言いは何だか他人事のようで、危機感に欠けていた。こうした男女のもつれから警察沙汰になった事件なんていくらでもあるというのに、当の本人はその自覚がないらしい。

「まぁ、私が怒らせちゃったのが悪いのかな」と頰を搔く詩乃に、私は思わず身を乗り出した。

「もし本当に危険な時は私の家に避難してくれていいからね。何かあってからじゃ遅いんだから」

詩乃は眉尻を下げ、「うん」とこそばゆそうに頷いた。心配されていることを喜んでいるように私には見えた。


その日の深夜に突如として詩乃から電話が掛かって来た時には、流石の私も緊張で喉が引き攣った。時刻は一時。既に寝入っていた私は、けたたましい着信音によって叩き起こされたのだった。

「もしもし、詩乃？」

呼びかけるが、最初は荒い息遣いとしゃくりあげる声だけが続いた。いたずら電話かとも思ったが、間違いなく発信元は詩乃のスマホになっている。

「どうしたの、何かあったの」

私が問いを繰り返すと、数秒の間の後、ようやく詩乃の掠れた声が返って来た。

「麻希ちゃん、ごめん。急に電話して」

「それはいいけど、何かあったんでしょ？」

「それが……正広君に暴力を振るわれたの。蹴られて、髪の毛を引っ張られて……今日のお昼、私と麻希ちゃんが会ってたでしょう？　それを、別の男と浮気したんじゃないかって、なんか、勘違いしたみたいで。私、浮気なんてしてないのに」

ひっきりなしに挟まる啜り声のせいで、詩乃の言葉は途切れ途切れだった。その背後からは車が行き交う音が聞こえている。

「今は外？」

「うん。パジャマのまま飛び出して来た。ごめんね、こんな夜中に。麻希ちゃん以外、頼れる人がいなくて」

「そんなの気にしなくていいって。タクシーに乗ってすぐに家に来て。今どこなの」

「浜松町駅の前。私、お金が全然なくて」

「タクシー代は私が払うから、気にしないで」

「そんなの悪いよ」

「いいから！」

詩乃は渋っていたが、私の説得に最後は折れた。何かあった時のために、二人の電話はずっと繋ぎっぱなしにした。いつ木下が詩乃を見付けるかと気が気じゃなかった。

それから三十分後に詩乃は私の家へと現れた。淡いパステルカラーのパジャマは、洗濯のし過ぎでか、かなり色が薄くなっている。私はタクシーの料金を払うと、自宅へと詩乃を迎え入れた。

彼女は憔悴しており、ずっと脇腹を押さえていた。木下に蹴られた場所らしい。泣き腫らした両目は赤く、普段は内側に巻いているボブは四方八方に飛び跳ねていた。私は座椅子に詩乃を座らせ、家にあった紅茶を出した。紅茶を用意している際、一瞬だけマッチングアプリで会った男のことが脳裏を過ぎった。

詩乃はしばらく泣き続けていた。彼女のスマホには延々と木下からの着信があったため、私は無理やり電源を切らせた。「怖かった」と詩乃は何度も繰り返し言った。その呼吸は荒く、末だに手先が震えていた。

「私、大学生の時に実家と縁を切ってて、頼れる人も全然いなくて……お金は正広君からお小遣いをもらってたから、貯金もないし。本当にどうしよう」

詩乃の真っ白な喉が震える。彼女は両手で顔を覆い、その場で小さく蹲った。蛍光灯の光が、彼女の頼りない背中に落ちている。

哀れだと思った。私以外に頼る人間のいない、可哀想で弱い存在。

「しばらくここに住みなよ」

私は詩乃へと微笑みかけた。重たく傾いていた彼女の頭が、ゆるゆると静かに持ち上がる。睫毛に縁取られた彼女の両目は、涙の膜が張っていた。小さな感情の海が、強く煌めく。

「いいの？」

「だって、木下君のいる場所に帰るわけにはいかないでしょ。秘密にしておいてあげるから、落ち着くまでここにいたらいい。お金だって気にしないで」

「そんなの、麻希ちゃんに迷惑が掛かっちゃう」

「いいって。どうせ独り身だしさ。新しく住むところとかこれからどうするかは詩乃が元気になってから考えればいいよ」

私の言葉に、詩乃は安堵したように嗚咽を漏らした。とめどなく溢れ出す涙を指で拭い、「ありがとう」と彼女は何度も繰り返した。

その日の晩は、私と詩乃はシングルベッドで一緒に寝た。

詩乃は掛布団に包まり、冷えた足裏を私のふくらはぎに押し付けた。「冷たいよ」と思わず笑った私に、詩乃は甘えるように擦り寄って来る。彼女の身体は柔らかく、肌と肌が触れ合う感触が心地良い。

「麻希ちゃんの身体、綺麗だね」

「急にどうしたの」

「なんとなく、思ったことを言っただけ」

そう言って、詩乃は穏やかに微笑した。冷えていた彼女の足先はいつの間にか温かくなっていた。

友情を基盤とした寄り添いには、恋愛にはない無垢な安心感がある。私は詩乃の柔らかな髪を撫でながら瞼を閉じた。彼女が繰り返す呼吸の音が、私を夜の孤独から遠ざける。

夜の寂しさを埋めるのは恋人の専売特許ではないと、その日知った。

四

翌日、出社して早々に木下に絡まれた。私のデスクにまでやって来た木下はいつもと違って髪が乱れており、両目が赤く充血していた。目の下の柔らかな皮膚が隈のせいで薄く変色している。

「井之頭さん、詩乃から連絡きてない？」

「きてないけど、詩乃がどうかしたの？」

私は知らぬ存ぜぬを貫くことにした。苛立っているのか、木下は私のデスク横で行ったり来たりを繰り返している。

「井之頭さん以外に詩乃の女友達はいないんだけど……本当に相談もされてない？」

「そう言われても、きてないものはきてないから」

「じゃあやっぱ、また男の家に行ったのか」と木下は絶望した顔で呟いた。「また？」と私は思わず尋ねる。木下はぐしゃぐしゃと自身の前髪を掻き混ぜた。

「詩乃は昔からそうなんだよ。彼氏と揉めると新しい男を作ってそこに住み着いて……俺だって、元カレの二の舞にならないように気を遣ってたのに。生活費だって渡してたし、不満そうな顔もほとんどしてなかった。なんでアイツ、家から出て行ったんだろう。ちょっと喧嘩したくらいで」

「分からないけど、詩乃にとってはちょっとじゃなかったんじゃない？」

「それはそうかもしれないけど……一昨日までは普通だったのに。結婚の話も出てたし、俺、親に詩乃のこと喋っちまってるよ」

　憔悴した横顔に、私は掛ける言葉を失った。詩乃に暴力を振るったはずの彼は、あまりにも真っ直ぐに恋人の失踪を嘆いていた。そこには後ろめたさや罪の意識は欠片もない。

「喧嘩って、どういう内容だったの」

「些細なことだよ。詩乃がこそこそスマホを弄ってたから、浮気じゃないかって。アイツは否定してたけど、出て行ったってことは本当に浮気だったんだろうな。アイツ、岡井と――」

　そこで運悪く、岡井がオフィスに姿を現した。寝不足なのか、彼は歩く度に欠伸をしている。目頭に目脂(めやに)をつけたまま、岡井は木下と私を見た。その唇が緩やかに弧の形を描く。それは見ようによっては、挑発的ともとれる表情だった。

「おはよう」

そう岡井の口が動くよりも早く、木下は相手へと摑みかかっていた。衝撃で、小型の観葉植物がデスクから割れ落ちる。茶色の陶器が砕け、中から白い砂粒と棘（とげ）の生えた多肉植物が飛び出した。

「詩乃はお前のところにいるんだろ、吐けよおい」

「えっ、急に何」

「他人の女を取るなんてダセェんだよ。がり勉だけが取り柄の田舎者が調子乗ってんじゃねぇぞ」

目を血走らせ、木下はそれから聞くに堪えない暴言をいくつか吐いた。その拳が岡井の顔面を殴りつける。鈍い音が響き、周囲からは悲鳴が上がった。木下は岡井を床に押し倒すと、馬乗りになってもう一度その顔を殴りつけた。口内が切れたのか、岡井の口端から赤い血が一筋垂れる。岡井は必死で抵抗していたが、二人の体格差は歴然だった。

正気を失った木下の姿を、私はどこかで見たことがある気がした。それは、錯乱した父の姿だった。怒りに我を忘れる木下の口角には恍惚の色が滲んでいた。岡井を殴る度に、彼の肩甲骨が大きく盛り上がる。

身を守るように、岡井が自身の顔を腕で覆う。殴る男と殴られる男。網膜に勝手に焼き付いたその構図に、私は自身の下腹部が興奮に似た熱を持ったのを感じた。岡井の袖のボタンが弾け、そこから生白い肌が覗いた。細い手首だった。抵抗されることを厭うように、木下がその腕を摑む。そのまま腕ごと殴られ、岡井は酸素を求めて喘（あえ）いだ。

　あまりの事態に場は騒然となり、周囲の人間によって木下は取り押さえられた。木下はふうふうと荒い呼吸で這いつくばる岡井を睨み続けていた。

　やがて警備員が到着し、木下は別室へと移動させられた。「警察を呼ばなきゃ」「いや、内々で処理した方がいいんじゃないか」と矢継ぎ早に会話が飛び交っている。木下の対応に気を取られているのか、残念なことに岡井は放置されている。彼の顔面の右半分は歪（いびつ）に腫れあがっていた。

「大丈夫？」

　私はしゃがみ込み、岡井にハンカチを差し出した。水色のストライプシャツには赤い染みが出来ている。

「血がついてるね、固まると落ちにくいから早めに水で洗った方がいいかも」

「あぁ、うん」

　混乱していた様子の岡井だったが、次第に落ち着きを取り戻したようだ。彷徨っていた瞳がやがて一つの焦点を結ぶ。

「なんか、顔がめちゃくちゃ痛い」

　声が僅かにくぐもっていた。しきりに口端に触れているのは、切れた部分が痛むせいかもしれない。

「頭近くを殴られた時は安静にしておいた方がいいよ」

「冷静だね」

「昔、似たようなことがあったから」

岡井は口を噤んだ。床に手を突き、彼は壁にもたれ掛かるようにしてその場に座った。その口から木下に対する悪態や自身の待遇に対する不満が出なかったことに私は感心した。

「木下、俺が詩乃ちゃんと浮気してると思い込んでた」

「してたの」

「してないよ。でも、何度か二人で会って相談には乗ってた。あ、勿論、麻希と別れてからだけどさ」

慌てて付け足された言い訳の言葉を、私は無視した。どうでも良かったから。

「相談？　何について？」

「木下にＤＶを受けてるって。それで俺、ちゃんとしたところに伝えたほうがいいって、色々とネットで調べて相談窓口を教えたりしてたんだけど、そういうのはあんまり興味がない感じでさ……詩乃ちゃん、上手く逃げられたのかなぁ」

私は口を噤んだ。詩乃は私以外の人間にも相談をしていたのだ。その事実は私を思いの外落胆させた。

だが、岡井は詩乃の居場所を知らない。詩乃が選んだのは、木下でも岡井でもなく、私なのだ。

「麻希――あ、えっと、井之頭さんも、もし詩乃ちゃんが困ってるようなら助けてあげて」

「うん」

貴方に言われなくとも。うっかりと続けそうになった言葉を、私は既のところで呑み込む。

岡井はその後、救護室へと運ばれた。木下の処分をどうするかはこれから話し合って決めるとのことだ。嵐のように騒がしかったフロアは、被害者と加害者が姿を消した途端に異様な空気に包まれた。直前まで岡井と話していた私にまで、好奇の視線が突き刺さる。それに気付かない振りをして、私は淡々と仕事を進めた。残業はしなかった。

家で私を待っている人がいるので。

玄関の扉を開けた途端、温かな味噌汁の香りが外にまで流れ出して来た。換気扇を回していないのか、芳香剤のラベンダーの香りと入り混じり奇妙なフレグランスが誕生している。

「おかえりなさい」と詩乃がキッチンから顔を出す。化粧っ気のない顔は、どこかおぼこい。私の帰宅に合わせ、詩乃は食卓へと皿を並べた。味噌汁に冷奴、焼き魚と煮卵。

「宿で食べる朝ごはんみたい」

私の言葉に、詩乃は過剰に不安そうな顔をする。肩を落とし、「麻希ちゃんの方が料理上手なのに出過ぎた真似してごめんね」としおらしくした。

「いやいや、そういうつもりで言ったんじゃないって。作ってくれて嬉しいよ。蹴られたとこ、マシになった？」

「うん」

私と詩乃はローテーブルを囲んだ。家には座椅子と座布団があったが、詩乃は当然のように私を座椅子に座らせた。「家主優先が当たり前だから」と彼女は言った。

「今日ね、木下君が社内で岡井君に殴りかかって大変だったんだよ。岡井君が大事にはしたくないって言ったから、警察沙汰にはならないみたいだけど」

「正広君が……」

詩乃の表情が強張る。安物の箸の先端から力なく豆腐の欠片が落ちた。白い物体が、テーブルの上でべちゃりと崩れる。

「一緒に住んでた家に荷物とか取りに行かなくて大丈夫？　貴重品があるでしょ、通帳とか」

「そういうのは全部持ち出したから大丈夫。こういうことには慣れてるから捨てられたら困るものは増やさないようにしてるの。貴重品はポーチにまとめてたし、下着とかは今どき百均でも買えるし」

「洋服は？　高い物は流石に無理だけど、安物で良ければ買ってあげるよ」

「そこまで甘えられないよ」

「いいよいいよ。困った時はお互い様って言うし」

詩乃の瞳が潤む。蛍光灯の無機質な白い光が彼女のほんのりと赤くなった顔を照らし出していた。

その唇が、不意にすぼむ。出方を慎重に確認するように、詩乃は上目遣いでこちらを見遣った。

「あの、それじゃあ麻希ちゃんにお願いがあるんだけど」

「お願い？」

「実は今、生理中で……ナプキン、使ってもいいかな？」

予想外の言葉に、私は反射的に立ち上がった。

「そんなの全然いいよ。っていうか、私の許可があるまで替えなかったの？　気持ち悪かったでしょう」

「勝手に使うのもどうかと思って。それに、正広君は私が生理になると不機嫌になったから、あんまり人にそういうことを言わない方がいいのかなって」

「そんなの不機嫌になる方が馬鹿なんだよ。痛み止めも貼るカイロもあるから必要なら言って」

「うん、ありがとう」

詩乃はいそいそと細い廊下へと移動した。

私は己の気遣いの出来なさを恥じた。そしてそれと同時に、木下への嫌悪感は一層増した。あんな最低最悪の男、どうとでもなってしまえ。

「麻希ちゃん」

トイレに行ったはずの詩乃が、引き戸から顔を出す。

「何？」

「私、麻希ちゃんのこと好きだな」

ストレートな言葉に、私は恥ずかしくなって頬を掻いた。人間として当たり前のことをしただけだが、それでも好意を示されることは心地よい。

その後、私達は穏やかな夜を過ごした。二人はテレビを囲み、食事を済ませた後はコンビニで買ってきたケーキを食べた。安物のチョコレートケーキを見て、詩乃は異常な程に喜びを露(あら)

わにした。

　その笑顔を見ていると、自然ともっと喜ばせたいという欲求が湧き上がって来た。可哀想な彼女を、幸せにしてやりたかった。


　二週間が経っても詩乃との共同生活は順調だった。私達は二人で同じ皿を使って食事を摂り、同じベッドを使って眠った。詩乃は働きには出ず、家に籠って家事をした。ネットスーパーで購入した食材を使って料理をし、洗濯をし、掃除をした。週末になると二人で出掛けることもあった。風呂に入るのが好きな詩乃のために、浴室には入浴剤が常備された。湯を乳白色に染めるもので、風呂上がりの私は詩乃と同じようにミルキーな香りを纏うことになった。

　これまで味わったことのない甘やかな充足が、そこにはあった。日々は穏やかで、幸福だった。私の人生に恋愛なんて必要なかったのかもしれないと思うことすらあった。

　あれから木下は謹慎処分となり、会社には姿を見せていなかった。辞職するのではないかという話だが、それもまた噂レベルで私には何の情報も伝わっていない。一方、被害者である岡井は平然と出社して仕事をこなしている。木下の暴力事件についての噂話は瞬く間に社内に広がり、岡井の冷静な態度に皆が偽善的な興奮と軽薄な好奇心を持て余していた。

　精神的な満足度が高くなった一方、一人暮らしから二人暮らしになったことで家計は以前に比べて余裕が無くなった。詩乃の衣服や日用品を私の金で買い揃えたこともその理由の一つだった。経済的な理由で外食する回数は激減したが、代わりに外出する機会は増えた。

私は出不精（でぶしょう）だが、詩乃は出掛けることが好きだ。二人は日中に公立の動物園や美術館に行ったり、無料開放されている庭園に足を運んだりした。夜中になると近所の公園を散歩することや、コンビニで花火を買って河川敷で楽しむこともあった。

どこかに出掛けたり何かをしたりする度に、詩乃は異常に喜んだ。家事などの面倒事を担当している割に、不満一つ零さない。

自分が相手に尽くすことは当然だという態度で振る舞うのに、相手が自分に対して何かをしてくれた途端に彼女は百倍ほどのエネルギーで感謝の気持ちを表す。相手との力関係の天秤は常に相手側へと傾き、それを詩乃は良しとしている。

詩乃が他者と築き上げる関係性は、きっといつだって同じなのだろう。男たちが彼女にのめり込む理由が、日が経つごとに私にも理解出来てきた。

茅原詩乃は、女神のような女なのだ。

私が望む通りの反応を、詩乃は寄越した。仕事でミスをして落ち込んでいる時にはこちらに寄り添い、優しい言葉を掛けてくれた。詩乃には関係のないことで苛立ち八つ当たりしてしまった時も、彼女は怒らずにむしろ私のことを気に掛けてくれた。

「どんなものでも嬉しいよ」が詩乃の口癖だった。

もうすぐ誕生日だから何が欲しいと聞いても、行きたい店はないかと聞いても、詩乃の答えは常に似たようなものだった。暮らしに何か不満がないかと聞けば「何もないよ」と答え、コンビニの菓子や雑貨屋の茶葉といった些細なものでも買い与えると素直に喜ぶ。分かりやすい可愛げが詩乃にはあった。

「詩乃ってさ、なんで木下君と付き合ったの」

　何かの拍子に、私がそう尋ねたことがある。すると詩乃は考え込むように腕を組み、どこか恥ずかしそうに言った。

「昔から私、ちょっと強引な人に惹かれるんだ。まぁ、正広君とはこんなことになっちゃったけど」

「好きなら仕方ないか」

「あと私、一人が苦手だから。束縛とかされると逆に嬉しくなっちゃうんだよね。それぐらい愛してくれてるんだなって思っちゃってさ。でも、ずっとそれを続けてると大体関係がエスカレートしちゃって、おかしくなって、最後はダメになっちゃう」

　パジャマ姿の詩乃は、そう言って私が買ってきたチョコレートを口に運んだ。私と詩乃のパジャマはお揃いで買ったもので、詩乃がピンク色、私が水色のデザインだった。誰かとお揃いのものを買ったのは初めてだったし、それで詩乃が喜んでくれることも嬉しかった。

　紅茶を淹れようと立ち上がった私を制するように、「私がいれる！」と詩乃が慌てて立ち上がる。詩乃は私に家事をやらせたがらない。家事は彼女の領域という意識があるのかもしれない。

「別に、なんでもやらなくていいんだよ？」

「だって、住まわせてもらってるんだもん。これぐらい私がやらなきゃ」

「本当にいいの？」

「いいのいいの。麻希ちゃんは座ってて」

座椅子に座り、私は電気ケトルが湯を沸かす音に耳を傾ける。子供の頃、地獄を描いた絵本を見る度に、地獄ではこんな音がするのだろうかと想像していたことを思い出す。ぐつぐつ、ぐつぐつ。

「こういうのって、小さい頃の自分の環境が関係してるのかな」

電気ケトルを眺めながら、詩乃がぽつりと言葉を漏らす。「こういうのって？」と私は座ったまま尋ねた。

「自分が求めるものって、結局は小さい頃に欲しかったものをぶつけてるだけなのかなって急に思ったの。私、親にずっと一人で放置されてて、寂しくて。だから相手の為に何かをすることが好きなの。私が料理を作って食べてくれるとか、掃除した場所でくつろいでるとか、そういうのを見てると嬉しくなる。尽くすの、好きなんだよ」

だから家事は私に任せてね、と詩乃がマグカップにティーバッグを入れながら言う。両手でカップを持ち、詩乃は私の隣へと座った。夏に不似合いな、白い湯気が立ち上った。

「麻希ちゃんはどうだったの？」

「私は……自分の欲求を言うのは大人になっても苦手かも」

パジャマ越しに、私は自身の脚を撫でる。子供の頃に比べると随分と長く大きくなった、私の脚。

「ずっとお父さんの介護してて……いや、お父さんのことは好きだったからそれはいいんだけど。でも、私が我儘を言ったら家族が立ちいかなくなるっていうプレッシャーが常にあって。ありのままの自分みたいなものにずっと蓋してたら、気付いたら蓋の取り方も分からなくなったというか」

「じゃあ、少しずつ自分の欲求に慣れていこうよ」

マグカップを両手で持ったまま、詩乃がにこりと微笑する。

「ありのままの麻希ちゃんを、私なら受け入れるから」

反射的に身体が強張る。私は探るように詩乃の双眸を覗き込んだ。

「本当に？」

「うん」

「でも岡井君は――」

「私と岡井君は違うよ。信じて」

きっぱりと言い切る詩乃に、私の喉は勝手に震えた。滲む視界を誤魔化そうと、何度か瞬きを繰り返す。「まずは飲み物を頼むとこから始めよっか」と笑いながら告げる詩乃に、私は黙って頷いた。声を出すと、泣きそうなことがバレてしまいそうで恥ずかしかった。


そしてさらに二週間後。詩乃がいる生活に、私はすっかり慣れていた。

「ねぇ、お茶取って」

座椅子に座ったまま私が言うと、詩乃は立ち上がって冷蔵庫に麦茶を取りに行った。最初は抵抗のあったこのやり取りも、今では自然なこととして受け入れている。

私の指示に詩乃が従うのは気持ちが良かった。阿吽（あうん）の呼吸というか、互いに信頼し合っている感じがする。ありのままの自分というのはこういうことなのかもしれないと思った。私は少しずつ、過去の自分から解放されているのを感じていた。

透明なグラスにお茶を注ぎ、詩乃はローテーブルの上に置いた。ショートパンツとタンクトップという格好は、クーラーの効いた部屋では少し肌寒そうだった。

「そういえばふるさと納税のスイカが届いてたよ」と詩乃は再び台所へ向かう。小玉スイカに包丁を差し込むと、サクリと小気味のいい音がした。薄い緑色の皮の中に、はちきれんばかりの赤が詰まっている。斑点を描く黒色の種を詩乃はひとつずつ箸で剥がした。

「食べて食べて」と差し出されたスイカに、私はすぐさま齧り付いた。二等辺三角形の形に切られたスイカは先端は甘いものの、皮に近付くほどにどんどんと味気なくなった。

「あ」

三角座りをしていた詩乃の太腿に、水分を多く含んだ赤い欠片が落ちた。溢れた汁が肌を滴り、腿脛へと流れ落ちる。詩乃はそれを自身の指先で摘まみ上げ、口へと含んだ。濡れた親指を唇に当て、そっと舐めとる。

「ティッシュ使わないの」と私は詩乃に声を掛ける。詩乃は手を伸ばしてティッシュを取ると、淡い赤色の筋に沿って肌を拭った。沈み込む肌を、私は目で追う。足の甲から腿脛に掛けてのラインは滑らかだが、その皮膚には青黒い痣が水墨画のようにぽつりと浮かび上がっている。

私は食べ終わったスイカの皮を皿に置くと、スマートフォンを操作した。休日の予定を立てるのは私の役目だった。どこに行くと言っても詩乃は喜んでくれる。それは分かっていたが、より喜んでもらいたかった。

「日曜日なんだけどさ、東京駅にあるミュージアムに行くのはどうかな」

入館料無料という記載を見付け、私は早速声を掛ける。詩乃はスイカを食べる手を止め、申し訳なさそうに眉尻を下げた。

「ごめん。その日、バイトの面接があって」

予想外の言葉に、私は目を瞬かせた。詩乃がこちらの提案を断ったのは初めてだった。妙な苛立ちが身体中を巡り、こめかみがひくりと震える。

「バイト？」

「うん。いつまでも麻希ちゃんにお世話になるのも申し訳ないから、働き始めようと思ってて。日曜日に面接を入れたんだ」

「なんで？」

鼓膜を震わす自身の声は、思ったよりも鋭かった。身体の内側から噴き上がる苛立ちが、私の舌を妙に滑らかに動かす。

詩乃は困惑した様子で眉尻を下げた。

「なんでって？」

「だって、バイトなんて必要ないじゃん。生活するのに必要なものは家に揃ってるんだから」

「でも、麻希ちゃんに迷惑が掛かってるし」

「迷惑とか思わなくていいって前にも言ったよね？」

「気持ちはありがたいけど……」

口ごもる詩乃に、苛立ちはますます増した。私に欲求を言えと言ったのは、彼女の方なのに。

「それにさ、いくらバイトの面接をするって言ってもわざわざ日曜日にする必要はないよね？

私が土日休みだって知ってるでしょ？」

「知ってはいたけど、具体的な予定は立ててなかったから。だったらいいかなって思っただけなの」

「ふうん？」

「ごめんね、私のことを考えてくれたのに。今から連絡してバイトの面接は延期してもらうよ」

詩乃がしおらしく肩を落とす。如何にも反省しているという態度で、彼女はスマートフォンに手を伸ばす。私は眉根を寄せた。

「いや、そこまでしろとは言ってないけど」

「ううん、私がちゃんと麻希ちゃんの気持ちを考えられなかったのが悪かったの。日曜日、一緒にミュージアムに行こうよ。せっかく考えてくれたんだもんね」

詩乃の手が、私の腕に触れる。その途端、私は渦巻いていた怒りが氷解していくのを感じた。衝動的に八つ当たりめいた振る舞いをしてしまった自分が恥ずかしい。

「バイトの面接、本当に行かなくていいの？」

「うん、いい。今度にしてもらう」

きっぱりと言い切る詩乃の態度に、私は嬉しくなった。他者よりもこちらを優先するのは当たり前に決まっているが、詩乃が自らその判断を下してくれたことに価値があると思った。

その翌週、面接に合格した詩乃はスーパーでバイトを始めた。週に二、三回のシフトから始めるらしい。

「一日五時間だから、麻希ちゃんが帰宅する時には家にいるからね」と詩乃は言った。しかし私はバイトに反対だった。というのも、木下に居場所を突き止められることを恐れていたからだ。私の心配をよそに、詩乃は「大丈夫大丈夫」と軽い調子で言った。その無防備さが不安だった。

壁に掛かるカレンダーを見て、詩乃と一緒に住み始めてもうすぐ一か月半になると気付く。無意識の内に私は自身の下腹部を撫でていた。

世の中には生理の日程をきちんと記録している女性も多いが、私は周期が不安定なこともあり、面倒なのであまり考えないようにしていた。身体が熱を持ち始めると大体は生理前のサインで、やたらとチョコレートが食べたくなったり眠気に襲われたりする。

薄い膜のような痛みが戯れのように左下腹部を刺激する。また血を垂れ流す一週間が始まるかと思うと憂鬱で、私は大きく溜息を吐いた。

仕事をしている間も、何故だか気が立っていた。腹部の痛みが治まらず、市販の痛み止めを規定よりも多めに飲む。使用の注意事項には『妊婦又は妊娠していると思われる人』は医師に相談しろと書かれていた。妊娠検査薬で陽性となった時、詩乃は何を考えたのだろうとふと思った。

その日の調子は最悪で、書類を確認している間も、オンラインで打ち合わせをしている間も、なんだか身体が重かった。子宮が強く収縮するような痛みが思考を鈍麻させる。下腹部の内側から細胞が作り変わっていくかのような、そんな痛み。

整理整頓の行き届いたデスクの上で、私は組んだ両手の上に額を押し付けた。神に祈るような姿勢だったが、これは意図したものではなかった。

目を軽く瞼の上から押すと、暗闇の中でグロテスクな光の粒が飛び散った。網膜に焼きついた照明の光が瞼の裏で再現されているのかもしれない。

「大丈夫？」

すぐ近くから、聞き覚えのある声が響いた。私は顔を上げる。目を開けると、世界の眩さに驚いた。

「体調、悪そうだから」

そう心配げに声を掛けて来たのは岡井だった。木下に殴られた顔の傷はもう残っていない。

「多分、生理前だからだと思う」

「これ、ホットのミルクティー。さっき自販機で買ったんだ」

「ありがとう」

差し出された小さなペットボトルは熱を持っており、腹部に当てるとそれだけで痛みが少し和らぐような気がした。

「そういえばさ、木下が会社辞めるって」

デスクに手を置き、なんてことのないような口調で岡井は言った。私は動きを止める。ペットボトルを腹部に押し付けたまま、「そう」とだけ相槌を打つ。

「上司と一緒に菓子折りと二十万円を入れた封筒を持って来てさ、謝罪された。自分でもなんでこんなことになったか分からないって泣きながら言われて」

そこで言葉を区切り、岡井は少し困ったように後頭部を掻いた。

「なんか俺、木下のこと可哀想だなって思っちゃってさ。辞めなくていいんじゃないかって言ったんだけど、そういうわけにはいかないって」

「殴られたのに許せるの？」

「それだけ詩乃ちゃんのことが好きだったんだと思う。俺を浮気相手と勘違いしたなら、あんな風に怒っても当然かなって。連絡を取り合ってたのは事実だし」

「お人好（ひとよ）しすぎるよ」

ペットボトルを強く握り締め、私は目を伏せる。

岡井の優しさは、付き合っていた時と何ら変わらない。別れた直後はそのことに安堵したものだが、今となっては認識が少し変わった。岡井はきっと、ここにいるのが私でなくとも同じように親切心を発揮するだろう。それを盲目的に善行だと呼ぶのは、道徳の教科書の中だけだ。無条件に優しさを差し出す行為は、時として他者から軽んじられる理由になる。善意を注がれ続けた人間は無意識の内に傲慢さが肥大し、やがて歯止めが利かなくなる。――木下みたいに。

もしもこの先同じような事件が起こっても、岡井は相手を責めることをせず、苦笑するだけで許してしまうのだろう。そうやって彼は新たに加害者を生み出し続ける。無自覚に加害者を生み出す人間と、無自覚に被害者を生み出す人間。

その二つの相性は、残念なことに凄く良い。

「俺、また木下と友達になりたいんだよ。喧嘩のことは水に流してさ」

能天気な台詞に、私は肩を竦める。付き合っていた頃は岡井のこういうところが魅力に感じていた。岡井は他者を攻撃しない。傷付けない。しかし今見ると、波風を立てないことに異常に執着している男のようにも思える。

正しい道徳観を持ち続け、夢想的な言葉を吐き続ける。他人として接する限り、岡井が善人であることは間違いない。マッチングアプリで会った男の軽薄さとは真逆で、彼は真摯だ。

だが、今の私は既に、名も知らぬ男の軽薄さも元恋人の真摯さも必要としていない。だって私には、詩乃がいるから。

五

帰宅すると、詩乃はいつものように料理を作っていた。今日の晩御飯はミートソーススパゲッティとスープ、それにミニサラダだった。

「バイト代が出たら麻希ちゃんに渡すね」

「気にしないでいいよ。自分の生活を立て直すことが大事なんだから、まずは貯金して」

「でも……」

「いいからいいから」

私は己の気前の良さを詩乃に見せつけたかった。駅前で売られていたプリンをお土産に買って帰ったのも、肌触りの良い下着を詩乃の為に用意したのも、全ては同じ理由だ。私は詩乃に感謝されたい。詩乃を喜ばせたい。詩乃が自分に好意を抱いていると、きちんとこの目で確かめたい。

二人は食事を食べ終わると、交代で風呂に入り、一緒のベッドで寝た。詩乃は自分の荷物を増やしたがらなかったが、私が無理やり枕を買って使わせた。通販サイトで買った洋服、百円均一ショップで買ったマニキュア、ラベンダーの香りの洗顔料。詩乃の荷物が1Kの空間を侵食するのを見ると安心した。彼女が生きている痕跡が、日に日に濃くなっていく。

バイトを始めてからも、詩乃の生活パターンはほとんど変わらなかった。冷蔵庫にカレンダーを貼り付け、そこに互いのスケジュールを書き込んだ。バイトを始めてから、詩乃のスマホを見る回数が増えた。バイト先のLINEグループに入ったらしく、雑談したり、遊びに行く予定を立てたりしているらしかった。私は土日以外であれば遊びに行くことを許可した。土日に一緒に過ごすことは暗黙の了解になっているのだからそれは避けるべきだとは、遠回しに何度も言った。詩乃はいつも笑顔で頷いていた。

それから一週間が経つ頃には、私の苛立つ回数が随分と増えた。例えば、帰宅して用意されている料理の品数が減っている時。洗面台の掃除が甘く、赤色のぬるつきが残っている時。詩乃がやけにスマートフォンを気にしていると気付いた時。

自分は詩乃の為に十分尽くしているはずだ。なのに、どうして詩乃の私に対する扱いは徐々に蔑ろ（ないがし）になっていくのだろう。バイトも、スマホも、私以外の人間と繋がるための手段だ。そんなもの、今の詩乃に本当に必要だろうか。

きっと、詩乃はこちらの優しさを当たり前だと思うようになっている。人の好意に胡坐を掻いて、少しずつ我が儘になっているのだ。他人だったら私だって、そうした失礼さをスルーする。でも、詩乃は特別な存在だから。

だから、私は家事水準が足りていないと判断した時はさりげなく詩乃に言葉で罰を与えることにした。

「今日の味噌汁、なんかしょっぱくない？」

「床に髪の毛が落ちてたんだけど」

「いや、なんでそんなしょうもないもの買ったの？」

「バイトしたいって自分で言ったんだから家事はちゃんとやってよ」

「その日にシフトを入れるんだ。ふうん？」

私が棘のある一言を放つ度に、詩乃は慌てた様子で「ごめんね」と謝罪した。その反応を見る度に、私は己の心が満たされていくのを感じた。どれだけ怒っても詩乃は許してくれる。それは私もまた、詩乃にとって特別な存在だからに違いない。

だが、次はどうなる？　本当に許してくれる？　詩乃が優しさを見せれば見せるほど、私の心は渇きを覚えた。詩乃と一緒にいると、その瞬間はひどく楽しいにもかかわらず、じりじりと心が焼き付くような焦燥を覚える。何か、関係性の核のような部分が不足していて、どれだけ誠意を示されても満たされない。

私は詩乃に特別扱いされたい。私を一番に優先して、全てを犠牲にして欲しい。どんな私でも受け入れて欲しい。もっと、もっと。今以上に。

下り坂を転げ落ちる雪玉みたいに、衝動がどんどんと肥大化する。詩乃が私の為に床に這いつくばって掃除をしていると安心した。彼女の綺麗だったボブヘアは艶が無くなり、抜け落ちる黒髪の数も増えた。安物の洋服はすぐに端がほつれだし、ブラウスの袖口のボタンは一つ足りていなかった。可哀想な彼女に、安物の洋服を買い与えるのが私の今の趣味だった。浅ましく口の開閉を繰り返す鯉に、餌を投げやるみたいに。

気付けば詩乃は最初に出会った頃に比べて痩せていた。Tシャツから覗く二の腕は細くなり、乾燥した肌には吹き出物がいくらか出来ている。もっと醜くなって欲しい。美しさを失えば、彼女はどこにも行けないだろうから。


詩乃がバイトを始めて二週間が経った。私は数日前から、下腹部に鈍痛を覚えていた。胃の下部分がズキズキと疼き、妙な不快感がある。どこか熱っぽさもあり、残業する予定を変更して早めに帰宅した。生理前だという話を岡井にしたのは二週間程前の出来事だ。あれから持ち歩き用のナプキンを買っておかなければと考えてはいたものの、結局まだ一枚も使うことなく今に至っている。生理はまだ来ていない。

マンションに戻り、私は自宅の鍵を開錠する。普段は「おかえりなさい」と詩乃が出迎えてくれるが、玄関の扉を開けても反応はなかった。それも当然で、詩乃には早く帰ることを伝えていなかった。耳を澄ますと、浴室からシャワーの音が聞こえる。詩乃は風呂に入っているのだろう。

部屋の隅に鞄を置き、私は痛み止めを手の上にバラバラと取り出す。水を用意するのが面倒で、そのまま唾液で呑み込んだ。詩乃がいればグラスを出してくれるのに、と思う。錠剤をのみ込むと、粒の形をした苦みが食道を静かに下っていった。

キッチンに目を遣ると、コンロに置かれた鍋には作り掛けの味噌汁が入っていた。私の帰りのタイミングに合わせて仕上げるつもりだったのだろう。解凍の為に放置された冷凍肉はすっかり汗を掻いている。ラップに包まれた肉の塊からは、赤い液体が滴り落ちていた。水彩絵の具が薄まったような、味気の無い赤だった。

私はスマートフォンを弄って詩乃が風呂から出るのを待っていた。だが、五分経っても十分経っても詩乃が出て来る様子はない。スマートフォンをテーブルに置き、私は浴室の様子を窺うことにした。

引き戸をゆっくりと開けて脱衣所を覗き込むと、浴室に繋がる摺りガラス戸の向こうからくぐもった話し声が聞こえた。

最初、私はそれを詩乃の独り言だと思った。だが、それにしては声の高低差がありすぎる。

「実はね、同居してる友達が最近変なの」

「変って？」

どこかで聞き覚えのあるやり取りだった。私は無意識のうちにその場で静止する。

「あたりがどんどんきつくなってくっていうのかな。私がバイトし始めた頃から、家事のチェックとかも凄く厳しくなって。料理を二品しか作れなかったりすると怒られちゃうの」

「モラハラってやつじゃん」

「そういうのって彼氏以外でもあるのかな？　友達でもモラハラって言う？」

「全然言うって。詩乃は優しすぎるんだよ。ヤバくなったら俺の家に逃げてくれていいからね。

あ、場所は分かるよね、前に遊びに来た家だから」

「うん、ありがとう」

わざとらしいくらいに心配する男の言葉に、詩乃はどこかくすぐったそうな声で応じた。甘ったるい媚びを纏った彼女の声を、私はどこかで聞いたことがある。バーベキューを四人でしたあの日、木下と一緒にいた時の詩乃の声だ。

「本当、詩乃みたいないい子を酷い目に遭わせる人がいるなんて信じられないよ。男運も女運も悪すぎ。あ、その友達って詩乃がモテるから嫉妬してるんじゃないの」

「それはないよ。私より友達の方が美人だし、仕事も出来るもん」

「だからだよ。そういう人間ほど自分より下に見てる女がちやほやされてると怒るんだって。勉強や仕事が出来ることと愛されることとの評価軸って全然別物なのに、分かってないんだよ。努力が人生の全ての場面で通用するって勘違いしてる。本当イタいよね」

咄嗟に、私は風呂の戸を開けていた。浴槽にいる詩乃は、風呂の蓋を半分だけ閉めて机代わりにしていた。そこに置かれているのは横置きにされたスマートフォンで、長方形の画面は通話状態であることを示している。ビデオ通話中かと思ったが、音声だけでやり取りしているらしかった。通話時間を表示する画面のまま、スマートフォンに内蔵されているスピーカー越しに男の声が響いている。

湯の色は白く濁っており、狭い浴室には甘ったるいミルクの香りが充満していた。私が買い与えた入浴剤の匂いだった。詩乃の肌の大部分は、濃い白色で隠されている。

「麻希ちゃん……」

引き攣るような声が詩乃の唇から漏れた。上気した頬とは裏腹にその喉が怯えるように震える。私は靴下を履いたまま浴室へと踏み入れた。濡れた生地が足裏に貼りつき不快だった。私が腕を伸ばすだけで、詩乃はびくりと震えた。私はにこりと両目を笑みの形に歪め、スマートフォンを湯船に沈めた。「どうしたの？」という男の声はすぐにくぐもり、やがて不明瞭な電子音となって全てが消えた。

詩乃の濡れた前髪が額に貼りついている。見開かれた両目には見る間に涙の膜が張った。

「あの、麻希ちゃん。怒ってる？」

「全然」

本心だった。私は詩乃に怒りを覚えているわけではない。ただ、呆れている。同情している。哀れんでいる。

詩乃が何度も変な男に引っ掛かるのは、すぐに逃避先を探すからだ。見返りもないのに助けの手を差し伸べる人間は完全なる善人か、もしくは詩乃が女であることに利益を見出している悪人だけだ。

嗚呼（ああ）、なんて愚かな詩乃。常に誤った判断を下し続け、男に搾取され続ける。言葉で優しく言っても理解できないから、何度も何度も痛い目に遭う。私と共にいたら、そんなことにはならないのに。同性だからこそ、詩乃のことをきちんと理解してあげられるのに。

怯える詩乃の腕を摑み、立ち上がらせる。鎖骨に溜まった湯がその肌の上を滑り、彼女の身体の輪郭をなぞった。

「怒ってはないけど、ちゃんと怒ってあげなきゃ詩乃の為にならないから」

頬の筋肉が収縮し、口角が上がる。私は己の表情が笑顔であることを自覚した。水気を含んだ熱気が頬を覆い、身体を内側から燃やしている。

衝動に身を任せ、私は詩乃の左頬を平手打ちした。思ったよりも音が鳴らなかったので、もう一度打った。

詩乃が浴槽へと倒れ込む。乳白色の飛沫が上がり、私の服を濡らした。水滴の一粒一粒が妙にくっきりと見える。私は己の意識が異様に冴えているのを感じた。興奮が全身を支配し、呼吸を繰り返す度に爽快な快感が肺に満ちていく。

詩乃の肌は瑞々しかった。皮膚の内側からはちきれんばかりに溢れる生気が彼女の若さを象徴している。その髪を掴んで引っ張ると、詩乃の口からは弱々しい悲鳴が漏れた。可愛らしい声だった。最初に会った時から、私は彼女の声が好きだった。

細い首筋を震わせ、「ごめんなさい」と詩乃は喘ぐように言った。こちらを見上げる両目は涙で溢れ、睫毛はしっとりと濡れている。私は髪を引っ張る手を離した。浴槽の縁にしがみつき、詩乃はもう一度「ごめんなさい」と同じ言葉を繰り返した。荒い呼吸を繰り返す彼女が哀れになり、私はその背中を優しく撫でた。私の手が触れた瞬間、詩乃は過剰に身を固くした。

「さっきの男の人、誰だったの？」

「し、知り合い」

詩乃は怯えたように声を震わせる。その対応に、私はチクリと胃に苛立ちに似た痛みが走るのを感じた。どうして詩乃はそんな顔をするのだろう。

「知り合いの男になんでわざわざ連絡してたの。必要ないよね？」

「その、麻希ちゃんに、いつまでも迷惑、かけてられないから」

「迷惑じゃないってちゃんと言ったでしょ？　詩乃はさ、そんなんだからダメなんだよ。男に媚び売って楽な方に逃げてばっかり。男の人なんて危ないんだから、何か事件に巻き込まれたらどうするの。木下君のこともう忘れたの？」

私の言葉に、詩乃は分かりやすく肩をすぼめた。首筋に貼りつく黒髪には数本の白髪が混じっていた。

「ごめんなさい。本当に、麻希ちゃんの言う通りだと思う」

「分かったなら良いんだよ。早く上がって」

「うん」

詩乃は俯いたまま頷いた。浴室を出て、私は珪藻土マットの上で濡れた靴下を脱ぎ捨てた。乾いたマットには自身の黒い足跡が残っている。

詩乃が風呂から上がって来たのはそれから十五分ほど後だった。普段は可愛らしいパジャマで過ごしているが、今日はゆるいシルエットのハーフパンツとTシャツを着ている。どちらも私が買い与えたものだった。

私は鞄からキャラメルを取り出す。

「食べて」

今日、仕事の休み時間にコンビニで買ったそれは、詩乃の好きなメーカーのものだった。風呂上がりの詩乃へその内の一個を差し出すと、彼女は困惑したように瞳を揺らした。

「でも、今から晩ごはんの準備が――」

「詩乃、これ好きでしょう？　食べて」

彼女の言葉を遮り、私は同じ言葉を繰り返した。わざわざ私が買って来てあげたんだから。家にも住まわせて、欲しいものも買い与えて、私はこんなにも詩乃に尽くしてあげてるんだから。全てが詩乃の為なんだから。――喜べよ。

思考は表情には出していなかったと思う。詩乃はいつものようににっこりと微笑むと、その美しい指先でキャラメルを摘まんだ。口に運び、何度も咀嚼し、彼女はゆっくりと呑み込んだ。

「ありがとう。凄く美味しいよ」

その言葉を聞いた途端、私は自分の心が満たされたのを感じた。「なら良かった」と私は詩乃の頭を撫でた。

詩乃はキャラメルの包装紙をゴミ箱へと捨てると、私に背を向けて台所に向き合った。髪を緩く束ね、彼女は手際よく調理を進める。

「今日のご飯、生姜焼きにしようと思ってるの」と詩乃は普段通りの口調で言った。

「美味しそう」

「豚肉をまとめ買いして冷凍しておいたんだよ」

先ほど浴室で起きた出来事を二人は蒸し返したりはしなかった。いつものように皿を並べ、いつものように食事をした。私は職場の愚痴を語り、詩乃はそれに共感を示し、最後には「頑張ってて偉い」と私のことを褒め称えた。

換気扇をつけているにも関わらず、部屋には肉の焼ける匂いがこもっている。私が食べ終えた食器を流し台に置くと、「私がやるから」と詩乃に制された。ゴム手袋をつけようとしていた私は首だけで後ろを振り返る。

「いいよ。洗う」

「大丈夫。麻希ちゃんは疲れてるだろうから、お風呂に入ってて」

その口調は頑なで、彼女が一歩も退くつもりがないことが容易に察せられた。その頬の片側だけが赤く腫れていることに気付き、私は従うことにした。反省の気持ちを示そうと必死になっているのだろうと思った。

部屋と脱衣所を区切る引き戸を閉め、私は脱いだ服を洗濯機に放り込む。摺りガラスの戸を開けて浴室へ入ると、私は髪の毛から順に身体を洗った。シャンプーからは作り物めいた甘ったるい花の匂いがした。

クレンジングオイルで顔を洗っている最中、ふと視線を感じたような気がして私は動かす手を止めた。振り返るが摺りガラスには何も映っていなかった。私は気を取り直して正面に設置された鏡に向き合う。濡れた黒髪が、私の顔の輪郭に沿って張り付いていた。

濡れた睫毛に縁取られた二つの眼。不意に、その瞳が死ぬ間際の父のそれとよく似ていることに気が付いた。父が錯乱して私を殴る時、恐怖と混乱に動物的な本能が溶け混じっていた。あの時の父の瞳の色を、私は今、鏡の中に見つけている。

湯船に浸って膝を抱き、私は入浴剤で色づけられた水面を凝視した。乳白色の波紋は目を凝らさなければ捉えにくい。

その時、玄関の方向から物音が聞こえた気がした。ガチャンと音が響いたのは一度きりで、その後は静寂だけが残っていた。怪訝に思い、私は浴室の戸を開ける。

「詩乃？」

声を掛けるが、返事はない。その瞬間、私の脳内を一つの可能性が駆け巡った。

わざと緩慢な動きで戸を閉め、浴槽の栓を抜く。真っ白な湯は渦を巻きながら排水口へと吸い込まれていった。

普段よりも丁寧に身体をシャワーで流し、私は再びガラス戸を開けた。髪や身体を拭っている時も、パジャマに着替えている時も、私は異常な程に時間を掛けた。化粧水にたっぷりと浸したコットンを、熱を持った頬に押し付ける。その間、私の意識は部屋へと繋がる脱衣所の引き戸に向けられていた。

この戸を開けた時、果たして詩乃はそこにいるだろうか。先ほど玄関の方向から聞こえた音を、何度も脳内で反芻する。もしかしたら、新しい男の元へ逃げたのではないか。いや、まさか。詩乃が私を裏切るわけがない。

だって、言ったじゃないか。ありのままの私を受け入れるって。

冷静を装うように、私はやたらと丁寧に髪に櫛を通した。鏡に映る己の肉体は、詩乃と生活を始めてから以前よりも丸みを帯びていた。程よく肉のついたふくらはぎを、私は手で撫でる。

——麻希ちゃんの身体、綺麗だね。

初めて同じベッドで眠った時、詩乃がそう告げたことを思い出す。その笑顔は、今や遠い思い出になりつつあった。

詩乃はいるのか、いないのか。その結果をこの目で確認するまでの時間を、少しでも長く引き延ばしたかった。意味もなく髪の毛を内巻にし、意味もなく目薬を注す。心臓の鼓動がやけにうるさい。高温の湯のせいか、爪に塗ったマニキュアはよれている。その手は気付けば震えていた。

人差し指の先端を、意味もなく咥える。私の肉体は私のものにもかかわらず、私の思った通りに動いてくれない。肉体はいとも簡単に人間を裏切るという事実に、私は時折呆然としてしまう。

私はただ、自分らしく生きようとしているだけなのに。

濡れたバスタオルを洗濯機に放り込み、深く息を吸い込む。全ての身支度を終えた今、戸を開けないという選択肢は許されていなかった。

引き戸の取っ手に私はゆっくりと指を掛ける。部屋の照明の光が脱衣所に差し込んだその時、急に下腹部が鈍く疼いた。心臓の拍動に似た、命の脈打ち。

随分前から生理が来ていない。それが意味することに、私は今更ながら気が付いた。

初出

可哀想な蠅　「小説新潮」二〇一九年十一月号
まりこさん　「小説新潮」二〇二一年二月号
重ね着　「小説新潮」二〇二二年三月号
呪縛　書き下ろし

なお単行本化にあたり、加筆・修正を施しています。

装画　木原未沙紀

武田綾乃

1992年京都府生まれ。2013年、日本ラブストーリー大賞最終候補作に選ばれた『今日、きみと息をする。』で作家デビュー。同年刊行した『響け！ユーフォニアム』はテレビアニメ化され人気を博し、続編多数。2021年、『愛されなくても別に』で吉川英治文学新人賞を受賞。その他の作品に「君と漕ぐ」シリーズ、『石黒くんに春は来ない』『青い春を数えて』『その日、朱音は空を飛んだ』『どうぞ愛をお叫びください』『世界が青くなったら』『嘘つきなふたり』などがある。

可哀想（かわいそう）な蠅（はえ）

著者／武田綾乃（たけだあやの）

発行／2023年9月30日

発行者／佐藤隆信
発行所／株式会社新潮社
〒162-8711　東京都新宿区矢来町71
電話・編集部 03(3266)5411・読者係 03(3266)5111
https://www.shinchosha.co.jp

装幀／新潮社装幀室
印刷所／大日本印刷株式会社
製本所／大口製本印刷株式会社

ISBN978-4-10-353352-8　C0093

わたしたちに翼はいらない　寺地はるな

他人を殺す、自分を殺す。どちらにしてもその一歩を踏み出すのは意外とたやすい。心の傷は恨みとなり、やがて……。「生きる」ために必要な救済と再生をもたらす物語。

木挽町のあだ討ち　永井紗耶子

ある雪の降る夜、芝居小屋のすぐそばで、美少年・菊之助によるみごとな仇討ちが成し遂げられた。後に語り草となった大事件には、隠された真相があり……。

おばちゃんに言うてみ？　泉ゆたか

文句ばっか言うとらんで、半歩でも前に進まんかい。大阪岸和田のおばちゃんが追い詰められた人々の背中をドンと押す、抱腹絶倒、ちょっと涙のヒューマンドラマ！

禍　小田雅久仁

セカイの底を、覗いてみたくないか？　孤高の物語作家による、恐怖と驚愕の到達点に刮目せよ！　臓腑を掻き乱し、骨の髄まで侵蝕する、小説という名の七の熱塊。

神獣夢望伝　武石勝義

神獣が目覚めると世界が終わる——不条理な運命に抗いながら翻弄される少年たちと現世のどうしようもない儚さを描ききった、中華ファンタジーの新たな地平。

縁切り上等！
離婚弁護士　松岡紬の事件ファイル　新川帆立

幸せな縁切りの極意、お教えします。読めば元気をもらえる、温かなヒューマンドラマにして、個性豊かなキャラクターたちが織りなすリーガル・エンタメ！

僕の女を探しているんだ　井上荒野

黒いコートを着た背の高い彼は、大事な人を探しにここへ来ていた――。大ヒットドラマ「愛の不時着」に心奪われた著者による熱いオマージュのラブストーリー集。

世はすべて美しい織物　成田名璃子

伝説の織物「山笑う」をめぐり〈昭和〉と〈現代〉、ふたつの運命が、紡ぎ、結ばれていく――。抑圧と喪失の「その先」を描く、感涙必至のてしごと大河長編。

ひとりで生きると決めたんだ　ふかわりょう

それは覚悟なのか、諦めなのか――。誰もが素通りする場所で足を止め、重箱の隅に宇宙を感じ、自分だけの「いいね」を見つける。不器用な日常を綴ったエッセイ集。

君といた日の続き　辻堂ゆめ

娘を亡くし妻とも離婚した僕に、未来を生きる資格があるのだろうか。そんな僕の前に現れた10歳の君と、終わりがあると知りながら過ごす僕のひと夏の物語。

しろがねの葉　千早茜

戦国末期、シルバーラッシュに沸く石見銀山。孤児の少女ウメが、欲望と死に抗って生き抜こうとする姿を官能の薫りと共に描き上げた、著者初にして渾身の大河長篇！

夏日狂想　窪美澄

私は「男たちの夢」より自分の夢を叶えたかった、「書く」という夢を――。さまざまな文学者との恋の果てに、ついに礼子が摑んだものは？　新たな代表作の誕生！